郑逸梅(1895—1992),名愿宗,字际云,江苏吴县人。早年加入南社。先后主编《游戏新报》、《消闲月刊》、《永安月刊》等。一生著作繁富,以笔记掌故为主,代表作有《茶熟香温录》、《羽翠鳞红集》、《浣花嚼雪录》、《花果小品》、《清娱漫笔》、《南社丛谈》、《艺林散叶》等。

·忆江南·

# 吴门花絮

郑逸梅 著

何文斌 编

苏州新闻出版集团
古吴轩出版社

## 图书在版编目（CIP）数据

吴门花絮 / 郑逸梅著；何文斌编. -- 苏州：古吴轩出版社，2023.7
（忆江南 / 王稼句主编）
ISBN 978-7-5546-2092-2

Ⅰ.①吴… Ⅱ.①郑… ②何… Ⅲ.①散文集 – 中国 – 当代 Ⅳ.①I267

中国国家版本馆CIP数据核字(2023)第104914号

| | |
|---|---|
| **著者肖像**： | 李　涵 |
| **责任编辑**： | 黄菲菲 |
| **装帧设计**： | 李　璇　杨　洁 |
| **责任校对**： | 李　倩 |
| **责任照排**： | 杨　洁 |

| | |
|---|---|
| **书　　名**： | 吴门花絮 |
| **著　　者**： | 郑逸梅 |
| **编　　者**： | 何文斌 |
| **出版发行**： | 苏州新闻出版集团 |
| | 古吴轩出版社 |
| | 地址：苏州市八达街118号苏州新闻大厦30F |
| | 电话：0512-65233679　　邮编：215123 |
| **出 版 人**： | 王乐飞 |
| **印　　刷**： | 苏州市越洋印刷有限公司 |
| **开　　本**： | 787×1092　1/32 |
| **印　　张**： | 8.375 |
| **字　　数**： | 153千字 |
| **版　　次**： | 2023年7月第1版 |
| **印　　次**： | 2023年7月第1次印刷 |
| **书　　号**： | ISBN 978-7-5546-2092-2 |
| **定　　价**： | 58.00元 |

*如有印装质量问题，请与印刷厂联系。0512-68180628*

# 出版弁言

江南作为一个历史地理概念，各时代含义不同，唐宋以后多指江苏、安徽的南部，浙江的北部及杭州湾西南沿线，包括今上海的全部。历史上的江南，山川秀丽，风土清嘉，经济富庶，文化繁荣，人才辈出。历代记述、描绘江南的诗文无可计数，这是一笔丰富、巨大的文化遗产。

在出版史上，集部总集类向有"郡邑"一项，即收入一个地方的诗文，而以"江南"为地域范围的丛书，过去从未有过。古吴轩出版社的"忆江南丛书"，就是以现当代名家为作者，以反映江南历史、山川、人物、风情为内容的散篇结集。1999年推出六册，它们是周瘦鹃的《紫兰忆语》、郑逸梅的《味灯漫笔》、黄裳的《小楼春雨》、周劭的《葑溪寻梦》、冯英子的《吴宫花草》、邓云乡的《水巷桂香》。近年来，重视江南文化，为充分利用好这一出版资源，计划出版这套丛书的续辑，先印四册，它们是周瘦鹃的《苏州杂札》、郑逸梅的《吴门花絮》、范烟桥的《邻雅散记》、张恨水的《湖山怀旧》。

"忆江南丛书"在文字校订方面,除改正明显的误植外,在代词、助词以及标点符号的使用上,作了规范化处理;凡作者语言习惯,包括具有时代特色的用词,均予保留;核校了引文,词的标点按唐圭璋《全宋词》例,并参考吴藕汀、吴小汀《词调名辞典》。

2023年4月3日

# 目 录

1　　出版弁言

001　　黄摩西轶事
003　　费树蔚
005　　说林名宿朱枫隐归道山
007　　我谈范君博
009　　我和赵眠云
019　　沈石友与吴昌硕
026　　同砚金季鹤的生平
032　　南社发起人之一陈巢南
035　　徐枕亚署名泣珠生的由来
037　　平襟亚的早年生活
041　　黄氏三兄弟

044　摩西之词

046　黄摩西撰长联

049　王湘绮游苏笑话

050　胡石予先师的画梅

062　翁宗庆家藏翁松禅手迹

065　陈端友的琢砚艺术

068　苏绣沈寿的《雪宦绣谱》

071　徐卓呆啖豆饼

074　方唯一足智多谋

077　顾悼秋打倒马褂

079　吴湖帆精于鉴赏

093　孙伯南桃李遍吴中

098　吴双热的诙谐

101　范烟桥考证姜白石《过垂虹桥》诗

105　徐碧波追慕银箫遗韵

- 109 吴中古墓志
- 116 吴中古木志
- 119 昆山石
- 120 记寒碧山庄之济颠石
- 121 记玄妙观之古鼎
- 122 吴下之蕈
- 124 蟹与枫
- 126 吴门茶水之来源
- 128 粽子糖
- 130 老和尚过江考
- 132 着　甲
- 134 培植石菖蒲
- 137 黄莲集
- 138 星社文献（节选）
- 148 我在苏州时之旧居

151　庭园之趣味

166　遗　嘱

171　沧浪抚碣记

173　寒山春雨记

175　天平参笏记

178　挹蕖小记

181　吊樱记

183　赏牡丹记

185　酒痕屐齿记

188　双浮图记

189　可园探梅记

191　可园读书记

193　纪支硎、灵岩之游

197　天池濯足记

202　西园听雨记

203 靖园窥虎记

205 观瑞云峰记

206 秋山红树记

208 游龙寿山房记

209 怡园流觞记

211 访蒋圃记

212 天平试马记

214 记槎溪葛氏园

216 游环秀山庄记

218 遂园啸傲记

220 植园追胜记

222 鹤园夜宴记

224 虎阜瞻幢记

226 游濂溪别墅记

227 上方之游

233　莲宕之游

237　神仙庙纪游

238　周庙观玉记

240　留园兰会记

242　惠荫园赏桂记

243　拙政园赏蕖记

245　狮林赏菊记

247　探梅两日记

249　编后记

# 黄摩西轶事

予戚彭氏，世居吴中葑溪之畔。黄摩西掌教东吴校，遂赁庑于彭氏，便出入焉。其时摩西尚以慕韩为字，在东吴校任国文、历史、地理诸课。博于学，凡诗、古文辞、方技、音律、格致、遁甲之属，无不通晓。登讲座，滔滔不绝，学者心领而神会之。西人之主校政者，亦为之折服，叹为东亚奇才。惟名士气重，蓄发不加栉沐，蓬蓬然徜徉于市自若也。庑张一额，颜曰"揖陶梦梨拜石耕烟之室"，又悬一联云："黑铁窝神州，盘古留魂三百里；黄金开鬼市，尊庐作祟五千年。"其怪诡奇恣，可见一斑。章太炎创言革命，缇骑四出捕之，尝匿身于摩西之家，摩西以师礼事太炎唯谨也。紫兰巷某氏妾，婉娈多姿，且通文翰，与摩西妇善，常相往还，摩西见而悦之。某氏妾为爱才之念所动，遂相缱绻，既而孕怀数月，腹渐膨亨。某氏妾惧，私就江湖术士堕胎，不慎致死。摩西以伯仁由我，悲恸愧悔，中心如捣,作数百言之长联挽之,已为世所传诵。自此神经陡变,举止失常,歌哭无端,寝食俱废。东吴校以摩西之为楚狂,不克再任校务,即别延他人以承乏,而摩西生计因以告绝。适武汉举义,摩西投袂而起,欲有所建树,徒步赴长车之驿,抵金昌亭,两足忽蹇,纵声大哭而归。未几,竟以狂疾死。著有《中国文学史》,未梓行。零星著作,虞山庞檗子为之裒辑成集,奈不及付梨枣,而檗子亦捐馆,其遗稿不知流落何所矣。惜哉!摩西原名振元,狂病后,则自称"黄人"。

(《小品大观》上卷,郑逸梅著,上海校经山房书局1935年8月初版)

# 费树蔚

吴江名士费树蔚先生,已下世为古人。先生体硕而短。曩年予出吊于学友某氏家,与先生席间相觌,音容状态,犹在脑幕想像之中,不料从此一别,永隔人天。爰撷拾其往事,以为谈助。

先生为吴下寓公有年,初居混堂巷,后购得桃花坞屋,遂葺治之以为菟裘。啸傲习静,颇得林泉之乐。性喜点缀景迹,以虎丘为附郭名胜,乃与金鹤望、汪鼎丞诸先生发起建造冷香阁于山巅,周围植绿萼华三百本以绕之,较诸梦坡居士之灵峰补梅,毋多让也。

先生深钦马占山将军之忠勇,因出其所藏戴文节山水、汤贞愍梅花、黄忠端手迹,割爱脱售,以犒慰马将军之士卒。物得其主,即由先生撰文,以志授受之雅,一时艺林传为佳话。

先生量殊褊狭,为其盛德之累。曾娶袁芸台之女公主,以了向平之愿。奁物之奢华名贵,喧传吴中。予于《上海画报》撰《嫁奁中之玦》一文以纪其事,其略云:"玦,为玉质,色泽綦古,想亦数百千年物,固可宝也。然予以为奁物中可罗列诸珍,而独不当有玦。夫玦者,圆而缺也。《盲传》:'太子帅师,公衣之偏衣,佩之金玦。'狐突遂有'金寒玦离'之叹。观此可知玦之为物,不宜于点缀美满姻缘矣。"先生阅之,大为不怿。及同社黄子转陶误载袁公主触电,先生大怒,报警局欲得转陶而甘心。转陶乃避祸至沪上,先生犹悻悻不置也。

先生擅书法,求辄立应,然不能作篆文,有嬲之者,则倩蒋子吟秋代为之。吟秋工大小篆,吴下佳士也。

先生诗才尤清绝。曩岁避暑旸台山,诗兴勃发,日成数首,以为消遣。兹录其一二于此,如《山居杂咏》云:"鸟声清远竹阴凉,睡起看移四寸香。短策山亭挟书读,听泉又拂石为床。""樵青解事拾松花,雪窦分泉与注茶。更作砖炉丛篠里,画成风格似山家。"《寄金㓜宀》云:"不居闤井不江湖,水竹依山典籍俱。传语故人知此乐,见几莫泥旧莼鲈。"《浴温泉》云:"麻姑鸟爪搔背,玉女莲花洗头。何处微闻芳泽,此乡终老温柔。"闻刻有《韦斋诗集》,予未寓目也。

(《瓶笙花影录》卷上,郑逸梅著,上海校经山房书局1936年6月初版)

## 说林名宿朱枫隐归道山

三十年前驰誉报坛之名作家,以程瞻庐、朱枫隐二先生为最诙谐有趣。二先生俱为吴王台畔人,交莫逆,时相过从。惟程擅长篇,朱多短札,作品大都刊载于《申报》之《自由谈》、《新闻报》之《快活林》。朱讳迪生,号鲟渔,所居葑门内迎枫桥头,因又号枫隐,有时署涤心,著有《涤心碎录》。尝掌教吴中天赐庄之东吴附中及草桥之公立高等小学。其时予肄业该校,主校事者为朱遂颖先生,因此同学私以遂颖先生为头号朱先生,枫隐先生为二号朱先生以别之。枫隐服御朴素,似村学究,对人殊和蔼可亲,而教人不倦,每届文课,辄自为范作一篇,蜡印以贻诸同学,诸同学获益良多也。课馀,往往与瞻庐茗话于平桥小茶馆中。其时有沈绥成其人者,博学工文,尤长小学,所作骈散文及诗词,独步吴中,与枫隐却甚相得,亦为平桥茗友。枫隐与予谈,一再称绥成之才,曾为予背诵其和友人撰字一联云"青浮竹叶波双桨,红赁桃花米一筥",惊才绝艳,得未曾有。恐长爪、玉溪二生执笔为之,亦无以过也。绥成与瞻庐先后归道山,枫隐为之郁郁寡欢,前岁忽患中风,经医疗治已渐告瘳,近更能起坐,饮食如常,家人以为此症不死,可臻耄耋。讵意顷得学友崇年致函,以枫隐噩耗见告,谓旧历十二月初四日,枫隐晨起购食汤包一碟,进至第六枚,噎哽于喉,气绝逝世。闻定于旧历正月十七日开吊,届时素车白马,必有一番盛况。惜予羁身沪渎,不能致生刍一束,为莫大歉憾云。

(《新上海》第8期,1946年3月出版)

# 我谈范君博

报载苏州名流范君博被控于法院,未知结果如何,社会人士,甚为注意也。按君博在沦陷时期,韬晦海上,生活极苦,最先与其夫人、子女同居二马路之曲江里,后其夫人不惯鸽棚生活,旋携子女返苏,而君博羁居福履理路建业里,小楼一角,自炊自浣,暇则安步当车,至鸿英图书馆,埋首坟典,借以遣兴,辑成《中国妇女人名大辞典》,为一伟大供献。君博固擅吟咏,将日寇肆暴,种种目击身历情状,入之于诗,名《痛定辞》。又有《比珠词》《百琲词》各一百首,油印以贻朋侪。又《岁华丽语》,凡三百六十五首,自元旦至除夕,日各一诗,隶事运典,非斫轮老手不办也。每逢星期日,辄与屈伯刚、谌则高、包天笑、张云抟辈茗话于静安寺路之雪园,结一诗社,名曰"霜社",以与雪园为对,且"霜"与"孀"通,以寓守节抱贞之意。未几,云抟赴京任伪职,坚邀君博,君博婉谢之。及胜利来临,君博翩然返里,备受社会人士之欢迎,于是一跃而为名流,岂知祸福相倚,塞通迭乘,此古圣贤所以不贵人爵而贵天爵欤?

(《快活林》第49期,1947年2月出版,署名逸梅)

# 我和赵眠云

眠云的家世，无须我来多赘，昆山胡石予先师曾为眠云的尊人撰有《赵书城家传》，略云："胥江位吴门西南，逼近阛阓，百货骈阗，商贾舟楫之所凑，而溪山明秀，阡陌纵横，长桥跨波，茂林丰草相掩映。余尝步游登览其地，辄夷然旷然，一寄遐想，谓倘有宅心正直之君子，托迹其间，以应夫山水清淑之气者。既而闻松陵赵君书城实居于此，以教其子，能读书，亲正士，为知者所称。君名福麟，生吴江之平望里，年十二，以承祧大宗来吴门。嗣父煜，喜宾接文士，蓄古名人书画，娴吟咏，任萧山县丞。曾斥私财，为人偿逋负，息讼争，晚年尤多隐德。君继任先志，好施与，能画，顾自以读书未成，溷迹市廛，既生子，稍长，即俾之一意于学，又令纳老成厚重之士，今君之子绍昌者，彬彬佳子弟，出少年侪辈上，则君之教也。君既待人以厚，乡里推诚，性狷隘，年三十馀，以抑郁事，遇心疾，时作时已，至四十有五，卒以此殒其生，闻者惜之。配氏秦，生子男三，长即绍昌，次某某殇。"传中所谓的绍昌，即赵眠云。后来眠云办书城小学，无非纪念他的先尊，可称孝思不匮。

写到这儿，就要叙述我和他是怎样相识的。这时他的尊人尚在，居于胥江的枣墅，席丰履厚，享着荫下之福，从宿儒费乃大、程得时学诗古文辞，凭着他的天资，不数年已有相当造诣。有一次，他易弁而钗，化装大观园中的潇湘妃子，摄成一帧黛玉葬花图，居然丰韵天然，有言愁欲愁之态，便广征题咏，并采及菲菲，我就大胆地胡诌了一首寄给他，不料很受他的称赏，特地亲镌了一小方鸡血石章见贻。隔了半年，他又和一位亲戚名红樵的，拟合办一杂志，取名《红云》，红是指红樵而言，云当然是眠云了，又复来信征稿，我的同砚友范君博也获到征稿信。君博具诗书画三绝之才，张丹斧以"裙屐少年第一书家"称之。一天，我和君博闲谈，偶然谈到眠云办杂志的事儿，君博说："他既向我们征稿，我们不妨约他和红樵来一图良觌，倘然意气相投，我们不妨参加合作。"岂知一晤之余，我们觉得红樵其人有纨袴气，没有怎样好的印象。眠云看出了我们的神色，便毅然脱离了红樵，和我们实行合作，且由他提议，我们三人居然契订金兰，结为异姓兄弟，在金昌市楼杯酒言欢，然后同赴虎阜，在点头石畔合摄一影，留为纪念。不久这本杂志,改名《游戏新报》,在上海印刷,也在上海发行,挺厚的一册,内容非常丰富,执笔者,都是一时名作家。那发刊词,出于君博手笔,也谈及我们遇合的情况,如云:"庚申仲夏,予自海上还吴门,人事稍减,烦襟尽涤,因集朋从,放小舟虎阜韩塘,日夕容与,诗文间作,聊以写怀。馀欢未尽,奇兴忽发,友人眠云、逸梅,顾谓予曰:今世何世,乃有吾曹闲人,偶而弄翰,亦游戏事耳,乃可以却暑,岁月如流,凉飙且至,孰能知我辈消夏之乐,盍谋所以永之!予曰:无已,装一书册,署曰《新报》,不亦可乎!众曰善。海上尤多同志,尽人而求惠佳作,于是衷然成帙矣。编辑事竣,既发刊而有辞。"

《新报》辟有《剧坛》一门,其时评剧方面的几位巨子,在《晶报》上大开笔战,闹得不可开交,未免波及到《新报》。《新报》不愿卷入漩涡,出了一期,也就不再赓续了。眠云和我别辑《消闲月刊》,即在苏州印刷和发行,内容也很充实,共出了六期。

壬戌的秋天,范烟桥自桐花里移家吴中温家岸,吟啸馀暇,和眠云合辑一七日报,名曰《星报》。我也赞襄其间,共刊行二十五期,改出杂志曰《星光》,以文会友,俊彦纷集,因组一社为星社。越岁双星渡河日,作第一次雅集于金昌留园,与会的为赵眠云、范烟桥、范君博、顾明道、屠守拙、姚赓夔、范菊高、孙纪于和我共九人。后来加入的由苏而沪,由沪而各地,一共有一百人。抗日战争胜利后,更由星社蜕化为怡社,社中不设社长,主持一切的,都是烟桥和眠云。

眠云豪爽好客,尤喜接待四方文士,凡来揽胜灵岩、支硎的,无不由彼款洽,尽觞咏之乐,甚至投辖设榻,原来他的宅第,有怡寿堂、晋思堂、心汉阁,甚为宽畅,使宾至如归。记得有一次,许指严来苏,眠云备汽艇直放邓尉,探梅香雪海。又一次,包天笑、周瘦鹃来苏,眠云和诸社友,伴游天平山,我也追随着,拍了许多照片,登在《上海画报》上,逸情韵致,迄今犹历历在脑幕中。又一次,张春帆和画家赵子云来苏,眠云设宴于他的枣花墅怡寿堂,遍邀同社和书画家,可谓群贤毕至,少长咸集。赵子云对客挥毫,作芍药立幅,陈迦庵补兰,成《采兰赠芍图》,眠云题一诗云:"采兰赠芍国风篇,画意诗情两茫然。一曲胥江门外绿,春花秋月自年年。"岂知不到数年,眠云以业务失败,寄迹春申,胥江畔的屋舍,易了主人,洵非始料所及。

昆山胡石予师,眠云对他也是执弟子礼的。某岁,他邀了石予师和我同游梁溪,访江南老画师吴观岱,得晤诸健秋、胡汀鹭、孙伯亮、严思庵诸子。翌日,天忽下雪,我们冒着弥天大雪上惠山,登漪澜堂,饮第二泉。又赴梅园,石予师口占二绝:"十年忽忽成残叟,重到梅园兴转遒。多感天工忙点缀,满山飞雪代梅花。""却喜同游尽少年,风流裙屐各翩翩。追随着一苍髯客,霜叶来争桃李妍。"既而又到鼋头渚,渡太湖一揽万顷堂、项王庙诸胜迹,这也是值得回忆的。

在编辑事务上,我和他合作的,有《星宿海》一书,都是星社社友的作品,由孙雪泥代为刊行。又《联益之友》,为一种旬刊,内容是注重书画美术的。他的收藏东西,一一地摄影制版,登在旬刊上。他的著作,印成单行本的有《云片》,这是本笔记;《双云记》是一部小说,都是我为他设计刊行的。他素性疏散,决不会自己整理校勘,几经变迁,可能遗佚殆尽,这是实在情形,并非我在这儿丑表功。

他的姑丈,是吴江老名士翁印若。印若名寿祺,写的一手很好的翁松禅字,眠云受着这影响,也喜写着翁字。他对于艺术是有天才的,没有多久,居然临摹得很像,曾经写一副四言联给我:"襟怀尔我,肝胆乾坤。"他又能画,梅菊松石,寥寥数笔,自饶清逸之气,这是受陈迦庵老师的熏陶。他临死的前十天,犹绘了一幅梅花扇面,由邮寄赠我。当然我很欣喜,连忙装配扇骨,用以拂暑。印若的哲嗣翁瑞午,为名票友,能画花卉,我和瑞午认识,即眠云介绍的。瑞午挥霍成性,入不敷出,但还备着汽车代步。眠云劝他节省开支,汽车不必坐了。瑞午说："别的可节省，汽车却不能不备，倘一旦不备汽车，那就暴露窘态，债户纷来索债，岂不更难解决问题。"我和眠云都为之失笑。

他业务失败，来到上海，这时我在沪北上海影戏公司工作，就卜居于公司附近的青云路。"一·二八"之役，事前已有风鹤之警，我又替他觅屋在新闸路的赓庆里安全地带，总算没有遭殃。可是我自己却一再延迟观望，战事突然爆发，不及迁移，家具文物，什九付诸劫灰。我和内人就在他家借住了半年，及形势稍为安定，才赁到新闸路仁济里某姓家的馀屋，作为栖止之地。后来我家又迁到山海关路，更由山海关路迁到武定路，又由武定路迁到城南阜民路。恰又遭逢"八一三"事变，日寇向华界进攻，我带着内人和儿子汝德，仓皇出走。又向赓庆里眠云所住的二房东赁到楼下一小间居住，和眠云朝夕相见，对着满天烽火，兀是生愁纳闷。没有多久，我家搬到戈登路（今江宁路）国华中学宿舍里去。原来国华中学，是我师兄胡叔异办的，叔异拉我去担任高中国文兼校长室秘书。一自叔异伉俪西行赴渝，把校务委托了我，我就和眠云合作，由他任校长，我为副校长，谢闲鸥为总务主任，叔异的侄子胡思屯任教务及训育主任，通力为之，才把校务办得上了轨辙。未几，蒋吟秋自洞庭山来，就安排他住在校内，担任两班高中国文。程瞻庐、顾明道、程小青，也都来到上海担任国华的课务，情形顿时热闹起来。闲鸥、吟秋、小青，擅于丹青，课馀便在校长室调粉染丹，从事合绘，瞻庐、明道和我为作题识，由眠云挥写。

这样的生活，大约有两学期。无奈校址给屋主颜料商奚萼衔售去开设工厂，我们在威海卫路和戈登路普陀路口，因陋就简地继续开办，校分两处，难于管理，渐呈涣散现象。加之眠云有几位戚族，也在校中办事，为了琐事发生误会，致使我和眠云有些芥蒂。误会既经解释，眠云特地邀了吟秋、小青作为陪客，宴我于山景园。我从没有看见眠云流过泪，那天他却对我挂着双行热泪，我感情冲动，泪水也不觉突眶而出，从此我们依然和好。可是不久，威海卫路的校舍，又复遭着同样的命运，给屋主售去，并且拆屋别建公寓，国华的寿命，就此告终。国华是附有小学的，眠云就把小学部的基本学生，在附近另设书城小学，我也受聘徐家汇的志心学院，不暇顾问了。

眠云的夫人宋宝环，是名绅宋叔琴的女儿，中年下世，这给眠云精神上一个很大的刺激。且感到上海开支太大，为节流计，又复迁回苏州，赁居曹胡徐巷二号，度着窘困生活。幸而他不但善书，又复能画，便借书画以糊口，但在物价飞涨之下，凭着一枝笔，仰事俯蓄，实在不是件容易的事。他焦急，他怅惘，他愤懑，他悲伤，病魔就乘此来袭！咳嗽咧，气喘咧，脚肿咧，时发时愈，他犹负病鬻艺，其苦万状，直至一病不起。

民国三十七年五月十二日傍晚，我由学校回家，很触目地瞧到一纸丧条，惊悉眠云于旧历五月初十日亥时寿终，择于十二日巳时大殓。我顿时神经似乎麻木了，呆了半天说不出话来，也没有一滴泪水，直至我带了这丧条到楼上小小的书室里坐定了，那悲哀的泪，汩汩地流着，湿透了我两方手帕。我和眠云的交谊，当在盖棺前，作最后的一面，那么须赴苏州，抚尸一恸，可是没有去，因我阅到丧条已在十二日的傍晚，即使乘着快车赶，也赶不及了，这是生平惟一的遗憾。翌晨，就写了一信去安慰眠云的太夫人，并把赙金汇了去。

《永安月刊》的同事吴康，集藏不少时人书画册页，他知道眠云能画，颇以未得他的作品为憾，春间，托我去信代求。无奈当时的眠云已经抱病，难于握管了，承蒙他很热情地取出一帧松梅小立幅，趁他的女儿企文来沪之便带给我，我转致吴康，并说明："这是病前画的，俟腕力稍强，再为绘一册页。"想不到这一诺言，竟无可实践了。

眠云身后极萧条，我们几位老社友和一些书画家，发起为他征集赙金，这小启事出于范烟桥手笔，如云："吴江赵眠云先生，好文艺,工书画,居吴门。春秋佳日,常开北海之樽;风雨故人,辄下陈蕃之榻。一时尊为祭酒,四方望属太丘。与朋好辑数种报刊,转移文坛风气。于地方公益,靡不量力匡襄,当仁不让,见义勇为。无如书生不善治生,慧业何补家业,以至视事弗周,蔽蒙于外,用人不当,侵蚀其间,于是毁家以偿逋,厚人以薄己。猲逢国难,避寇海滨,主国华中学,为储才之计,复以人事不臧,基础未固,仅如昙花之现,未成桃李之蹊。胜利以后,举室归来,怅触百端,益深孤愤。既不工于逐末,乃无术以资生,欲为儋石之储,只借砚田之获,忧伤憔悴,病骨支离,未届知命之年,遂辞尘以去。上有高堂,下遗弱息,一塵借托,数口零丁,际此米珠薪桂之秋,已至水尽山穷之境。仆等或因岁寒之盟,或共苔岑之契,但有寸心,恨无片力,乃于斋奠之日,为将伯之呼。海内必有仁人,吾党宁无义士,凡为声气之同,何必曾谋一面,惟此恻隐之念,宜乎皆有斯心。请移鲁酒之醑,为麦舟之赠,俾亡友有安吉之慰,遗族得解推之霑,永扬仁风,借励浇俗。谨启。"求助于人,这是多么可怜可悯啊!

这里补述一些遗漏的琐事。眠云早年喜搜罗书画,更喜藏扇,凡是海内有名的书画家,不论润例的多少,相距的远近,他总要设法求其一扇。若干年来,综合有数千把,他又觉得其中有纯盗虚声笔墨庸劣的,徒然惹人憎厌,就严格地选剔一下,把庸劣的付诸一炬,并撰了一篇《焚扇记》。他体弱多病,时常翻检医书,便通岐黄术,家人有些小病痛,他自己开个方剂,居然很应验。

(《文苑花絮》,郑逸梅著,中州书画社1983年12月初版)

# 沈石友与吴昌硕

吴昌硕为近代卓有创造性的艺术大师,这是谁都承认的。他所刊行的《缶庐诗存》,颇多涉及沈石友;而沈石友的《鸣坚石斋诗钞》,更多怀系吴昌硕,可见他们两人的友谊是不同寻常的了。沈石友究属是怎样的一个人?容据所知,作一介绍吧!

沈石友,原名汝瑾,字公周,后来因喜欢石砚,便取石友为别号。少苦质钝,一日,读《庄子》,心地忽然开豁,从此淹贯群籍,乃署钝秀才、钝居士。他是江苏常熟人,生于清咸丰八年戊午八月十二日(一八五八年)。他有一弟名珂,字稚明,为一位山水画家,所作清矫拔俗,具有宋元风格,但声名不彰,所以《海上墨林》仅列沈汝瑾,而未列沈稚明。此后《常熟地方掌故》一书,也没有提及稚明。他家祖上以捕鱼为业,直到他的父亲才读书,为士林中人。石友继承书香,尤为杰出。住居常熟城内翁府前,宅中有一小园,篱旁杂栽卉木,春花绚采,秋叶题红,具有几分清趣。园中建有来青阁,阁畔一树山茶,为明代古本,每逢岁暮春初,邑中诗人骚客,来这儿觞咏为欢,不让吴梅村赋宝珠山茶占美于前。所引为遗憾的,就是石友的儿子,庸碌无文,娶媳王氏,为里中县吏家女,尤为鄙俗,均非石友所喜。石友有诗道之:"种树莫种蔷薇花,娶妇莫娶胥吏家。胥吏女妇无礼节,蔷薇花落为荆棘。"是有感而发的。石友逝世后,所遗文物,都被其子售卖一空。石友死于一九一七年丁巳秋间,适为周甲六十岁,葬常熟练塘仪凤里福寿桥旁的水观庵。女三人:长适时氏,早卒;次适王氏,生一女守寡;三适张氏,也早寡无后。

石友和昌硕交谊凡三十馀年。当石友的《鸣坚石斋诗钞》刊行,石友已下世,昌硕作一序,在这篇序文中,有关石友的行径,和艺事的造诣,以及两人的友谊,均可在字里行间见之。兹录之于下:"石友既卒之六月,萧君中孚囊其遗诗三巨册走上海,述其易箦遗言,属为点定,并为之序。呜呼!石友之诗,吾曩昔所嗜诵,今其卒也,人琴之痛,揽卷哀哽,可为流涕者也。吾与石友论交,为岁壬午(一八八二年,光绪八年),今三十馀年。石友生戊午(一八五八年,咸丰八年),吾生甲辰(一八四四年,道光二十四年),以齿论,石友固兄事吾(长十四岁),征其学识,吾窃愧之。

此三十馀年中，彼此踪迹不常合，但岁必有诗相赠答，其诗具存集中。石友不遐弃我若是，我今何忍负其期愿耶。石友之于诗，植品甚高，致力尤勤，夫固有神明乎诗之外者，而竟侘傺以诗人终，此虽践其平昔之所自期，而吾则为之拊卷三叹。盖石友性行专亮，自晦于时，足迹不出吴越间，好砚石，乃以哦诗抱石，销磨岁月。其诗境凡三变，少慕清逸，中趋真挚，晚遂举其悲愤之心，托于闲适之致，乃至风月之吟弄，樵渔之歌唱，而其中若有甚不得已者。吾尝谓石友之材质，响使躬际承平，雍容雅颂，益以江山之助，良师友之切磋，何难轹宋轶唐，希踪汉魏，并世操觚之士，选声订韵者流，孰与抗手？则夫望尘不及，宁止缶庐一叟而已。遭时不偶，栖饮岩谷，不溺于诗，则将仰天痛哭，不可终日。此三巨册之遗诗，大都以不敝之精神，作无聊之感慨，是诚可为三叹，然而精魄有系，垂之无穷，长歌短咏，历劫不磨，吾故为之点定而不欲有所去取，愿以尽暴于天下也。虞山之麓，有俞君养浩，亦吾友也，石友在里中，与论诗，而行谊相合者。萧君幸语俞君，当不以吾言为不负石友于地下也。上元丁巳十二月，安吉吴昌硕序。"

石友自谓："闭门索居，人不乐予近，予亦不乐人近，惟与旧相知者酬唱简牍往来而已。"他的所谓相知，有翁同龢、吴秋农、沈绥臣、丁松生、萧中孚、金叔远、金石顽、章自求、徐进庵、俞养浩、潘质之、金病鹤、赵昔非、赵石农、张嗣初等,与昌硕为生死莫逆交,艺坛传为佳话。

石友生平所作,以诗为多,间治古文,气势磅礴而又渊雅有致。昌硕的儿子子茹从之为师。昌硕作画忙不过来,所有题画诗,动辄请石友代为。曩年昌硕大弟子赵云壑,搜罗他老师的遗墨,曾得昌硕与石友书札数十通,装之成册,什九是请石友题画的。昌硕不自骄矜,诗有时也请石友修改。昌硕一度官安东县令,仅一月即挂冠辞职,致书石友云:"聋瞆之人,居然登之堂上,自审殊可笑也。"并附一诗,石友即和诗答之。

昌硕尝冒雨赴常熟,访石友,即留宿其家,供馔有松蕈一簋,为常熟名产,厥味清腴鲜美,昌硕啖食,赞不绝口,此后石友经常以松蕈邮寄昌硕。石友嗜泗安黑麻酥糖,昌硕也经常以酥糖为赠。一次同登虞山,寻言子井,访桃源洞,携酒对酌。又品茗于逍遥游,上剑门,题名石上,作为鸿雪。又在拂水岩赏月,清辉流映,衣袂生凉,两人引为至乐。昌硕返沪,石友以诗送之,如云:"荇溪两年别,虞山三日留。黄花约新赏,绿树迎凉秋。常联韩孟句,未同李郭舟。重阳风雨节,莫负登高游。"诗留在他的集子里。过了一年,石友又约昌硕赴苏,访沧浪亭、寒山寺、寒碧庄、拙政园,以及天平观笏,虎阜怀古,灵岩观韩蕲王碑,两人兴会飚举,也都有诗。

昌硕作画，觉得惬意的，便赠给石友，因此石友所藏昌硕的花卉画幅独多。有一幅达摩像，寓庄严于萧疏中，那是昌硕神来之笔。石友悬诸斋头，日夕相对，说是无边无相，也是无边友谊。原来石友学佛有得，他有《悟彻》一诗云："悟彻万缘都是假，何妨一笑暂为痴。"又严剑北赠佛经二部，石友诗以赠之："莲花字字西来意，都是人间绝妙文。"又《沾疾》云："为语病魔休苦我，此身已作等闲看。"在豁达语中参以禅理，是耐人寻味的。昌硕藏有瞿子冶陶壶，也赠寄石友。瞿名应绍，善书，兼工画兰，喜制陶壶，造型极雅，和陈鸿寿的曼生壶同为珍品。昌硕投石友所好，故赠之。石友胸脾有时发痛，昌硕常寄药酒给他治疗。石友为昌硕题《饥看天图》、《芜园图》、《酸寒尉图》、《山海关从军图》等，又制笔制砚赠昌硕。昌硕的《缶庐诗存》，石友为之校勘；石友的《鸣坚石斋诗钞》，昌硕为作序，又为题签。总之两人的友谊，不亚于古代的管鲍。

石友为人尚气义，其友陈君英，甚贫，石友留之家中，既死，为之殡殓，为作《贫士叹》。他看到明代天启六年御史徐吉审拟梃击缇骑揭帖，从揭帖中，知吴中义士不仅五人，此外尚有吴时信、刘应文、许尔成、杨芳、戴镛、季卯、孙丁奎、邹应桢八人，特把这八人姓名录存，作诗表扬。清季，那弹劾权贵获罪的沈北山，是石友的族人。北山入狱，行将被笞，作了一首诗："识得君臣是大纲，不随群小蔽当阳。秋霜北海流芳烈,太白南星有谏章。沸鼎火难烧口舌,彤罂味不若桁杨。好将隔户鞭笞响,来试孤臣铁石肠。"石友很同情北山,做了一首《幽囚行》《惜哉行》《怀北山》等诗。北山疾笃,亲往探问。藤谷古香撰了一部《轰天雷》小说,以北山为主人公,深惜没有提到沈石友。

石友作诗作画,往往借以讽刺,如题红梅云:"心同松柏坚,色与桃花别。寂寞无人知,空山卧冰雪。"他认为杜鹃啼声,诗人以为其声如曰"不如归去",那么布谷鸟啼,可拟之为"家家告化",就演之为诗,有句云"家家告化何处化"。告化者,求乞也,无非借此讽刺清政不纲,民生雕敝。又他家庭院草丛中挺生五芝,黄紫随阴晴而变,有人说:"此是祥瑞之品。"他叹道:"国事岌岌,何瑞之有!"并作了一篇《灵芝咏》:"莫惊炙手熏天势,终有烟消火尽时。"又,他的《元旦诗》中有不少伤时感事、寓意很深的名句。热天,蝉鸣聒耳,他作诗曰:"只在梧桐杨柳枝,声声叫彻骄阳时。置身高处称知了,毕竟何曾一事知。"蝉,俗名知了,这是借题发挥,讥讽那些庸官俗吏。

石友善琢砚,曾以一砚刻昌硕小像贻昌硕。又富藏砚,数以百计,庋之笛在月明楼。自谓"诗可言志,砚以比德"。作了《洗砚图》、《品砚图》。又藏徐俊斋、傅青主、黄太冲、吕晚村、黄晦木、李是庵六砚,拓制一卷,昌硕为题"砚林六逸"四篆书,砚背自镌小像。又自撰《生圹志》，也刻在砚背。又得一绿石小砚，砚池琢龙马负图状，极工，且有铭"以静为用，是以大年"，下刻"康熙宸翰"小玺，可见是大内之物，他配制一匣。翁松禅又赠他蝉腹砚。他还得到明遗老金孝章铭砚。最珍希的有：玉溪生像砚，陆包山刻；宋乐籍阿翠像砚。阿翠为苏翠，工画墨竹，擅分隶书。有马湘兰题诗，石友自题拓本："玉溪风貌如花蕊，阿翠才情胜柳枝。若使两人生并世，定将罗带换新诗。"又张寅琢砚入神品，石友得其一，琢有怪石长松，一髯濯足溪流，貌似翁松禅。其它有宋女词人李清照砚，明葛介龛姬人李因砚，黄文节像砚侧刻五凤楼印，明遗民乙未居士摹残碑砚，其中昌硕刻铭者三十方。刊有《沈石友砚谱》，凡四册，逝世殉葬，并将鱼脑、梵文二砚及李檀圆铭砚同埋。解放后，二砚出土。

石友多画友，除昌硕外，尚有张子祥、吴秋农、蒲作英、陈伽庵诸子，故石友亦能丹青，画以梅花为多，也画些松、菊、葫芦、佛像，间或画马，都很朴古。赵石农画颇类似石友，原来石农为药店学徒，晨昏临摹碑帖，不为店主所喜，被斥逐，却得石友的垂青赏识，留之家中，指导金石书画，并介绍拜昌硕为师，培植熏陶，所以，他的画就有他们的风格。又常熟的陈端友，以九龟荷叶砚名驰南北，也得到石友的启迪（九龟荷叶砚，今藏上海市博物馆）。

（《清末民初文坛轶事》，郑逸梅著，学林出版社1987年2月初版）

# 同砚金季鹤的生平

年来写了许多感逝伤离的文章，尤其我们同社的社友，一一地下世，如程瞻庐、朱枫隐、顾明道、施济群、黄若玄、黄南丁、屠守拙等，我都运着拙笨的笔，撰文哀悼，不料接着又传来既同社又同砚的金季鹤的噩耗，因此忆及杜工部的诗："故旧半为鬼，惊呼热中肠。"

由季鹤的死，又想到前辈金鹤望先生晚境的难堪。季鹤是鹤望先生的小儿子，幼有神童之号，极得鹤望先生的钟爱。季鹤的儿子同翰，读书光华大学，崭然露头角，鹤望先生的爱孙更甚于爱子，可是同翰病脑癌，不治而死，鹤望先生的悲痛，自不待言。

鹤望先生，是吴江大名士，和章太炎、李根源订金兰契，任吴中水利会会长，全家移居吴中，季鹤便在长元和公立高等小学校肄业。这时他的学名芳雄，我的学名际云，和他同学，风雨一堂，相与切磋，可是他家学渊源，天资又高，我望尘莫及。记得这时尚在清末，满吏端午桥在南京办南洋劝业会，那劝业会是全国性的，规模很大，附有各省教育馆，征集各省各校学生的书法、图画、作文、手工的优异成绩，季鹤伸纸挥毫，写了几副对联去应征，居然获得最优等的奖励，这是我十分羡慕的。后来他又和我同进草桥中学，他工韵语，又善填词，登载在一册挺厚的校刊上。

一自中学毕业，各自东西，分散了若干年，我们几个笔墨朋友，组织星社，每星期晤叙一次。起初是九个人，以文会友。参加的很多，他也来参加了，从此又复结着翰墨因缘。我所编的刊物，如《罗星集》《星宿海》《联益之友》《金钢钻报》《明星日报》《大报》等，他都有作品见贶，帮了我很多的忙。在《联益之友》上，他写了《花海吹笙录》，用六朝词华，述三吴艳迹，最为读者欢迎。在《金钢钻报》上，他写了《吴趋影事录》，为三中篇所合成，用白话体，风趣活泼，为一时传诵。凡是这一类性质的作品，他署名锦浪生，或小江山馆主。《永安月刊》添辟《繁星》一栏，我也拉他写稿，他把《有无涯斋笔记》寄来发表，这是掌故性质，署名季鹤。可惜这许多都没有结集成书，现在都散佚了。

季鹤豪于饮，玄妙观前几家酒店，没有个酒保不认识这位金大少爷。他饮酒不付现钞，节上一起算。阊门名校书吟香，通文翰，喜读小说稗史,且又苗条多姿,举止娴雅,江红蕉写长篇小说《江南春雨记》,特把吟香串插其间。有一次,海上许多文友赴苏揽胜,慕吟香名,吟香殷勤侑酒,若不胜情。这时我们几个人尽着地主之谊,季鹤也来参加,他知道吟香善饮,便和他照杯,由卮而瓯,罄醅始已,吟香粉颊生春,季鹤玉山倾颓。

民国二十二年的冬天,南社词翁王均卿卜居吴中。有一天,他邮寄我一封信,略云:"今日有自云鹤望之子金季鹤者,年约二十馀岁,休儒面圆,戴一眼镜,西装革履,手挟四册洋书。据云:'我父鹤望先生,知我翁自沪迁苏,特遣我来拜望。'当时弟欲留其吃饭,则云:'要到教育局去,承邀谢谢。'及送之出门,临别,彼云:'我说实话,因在车站失去钱囊,回去车资无着,不得已,拟向我翁告贷。'弟即假以五元。问彼鹤望先生现住何处,谓在南京三牌楼西大街十三号,又谓在北平某学校执教鞭。此人言词闪烁,甚为疑讶。鹤望先生与弟虽闻名相知,却不曾见过,平日亦无函信往还,弟之迁苏,何从而知?所谓季鹤者,或系假冒,乞示知鹤望先生住址及季鹤之为人,以释弟疑。果是季鹤,自当应急。弟猜此人,决非正路,想不到来苏后即遇骗局,为之失笑。"

我接到了这信,便函复均卿,代季鹤辩白。一方面我在《金钢钻报》上撰了一篇《真假金季鹤》。过了数天,季鹤写了《金季鹤长人为记》一文寄给我,要我在《钻报》上发表。这文很滑稽,不妨把它录存着,略云:"大奇大奇!再来一个大奇!不知可是我金季鹤睡梦中真魂出窍,会找到那闻名没有见面的王均卿先生,拆了他五只老洋的烂污,还要说梦话般说了一篇,结果连家大人都被拖到梦里去,什么住在南京三牌楼咧,什么在北平当教员咧。若说不是梦,那我连王先生的府上都不认识;若说是梦,那明明有个金季鹤去的,而且非但金季鹤之为金季鹤,连金季鹤的父亲居然也同了姓字。可奇了么?呸!奇些什么,这是我的灰孙子没出息干的划白勾当罢了。这倒险啊!险些儿教敝金季鹤有口难分。幸亏王先生说的彼金季鹤是侏儒面圆,是西装革履,我虽然自出学校门十年没穿过西装,但在这桂花香、大少僵的当儿,也许从箱底里翻出来,挡挡西北风。至于侏儒面圆,那不能硬装笋头的了。大凡和敝金季鹤有一面之雅的,谁都知道我是摇勒摇的长子,简直不说虚头身高六尺有零的长子,不唱什么武十回,决不会扮成个三寸丁的啊!身一长脸儿不会圆,不敢说鹅蛋脸,还像一条玉版糕,照这个派头,两金季鹤可适得其反了。我一想,彼金季鹤倒是个《金钢钻报》的读者,否则他决不敢贸然自称金季鹤,光降到王先生府上的。因为他知道我和王先生没见过面,才敢干出这勾当来。他又从哪里知道呢?噢!前天《钻报》上,逸梅不是跟王先生介绍几位苏州朋好么,此人好聪明，看了报，会福至心灵，从报上找出路，居然五只老洋人袋了。然他何以不说别人，独拣中了敝金季鹤，那却莫名其城隍庙，也许算是敝金季鹤有面子么！还要附带声明，以后关于敝金季鹤，要认明长人为记，庶不致误。临了，我还要向均卿先生一请，请在傍晚六时，驾临观前大成坊口城中酒家，敝金季鹤无日不倚在酒炉边，喝上几壶。王先生是雅士，当也爱这调调儿，既可以订订友谊，又可以认认正牌。倘恐再有第三个金季鹤，又在城中酒家划你老一顿白酒，那就得认明长人为记不可，或者问明堂倌便是了。哈哈！"

季鹤的趣事，尚不仅此，他喜东涂西抹，诙谐百出，但不给鹤望先生知道。有一天，邮递员送来某刊物，恰被鹤望先生接到，拆开一瞧，登载着季鹤的一篇荒唐文章，鹤望先生大怒，立唤季鹤到前，问他："这篇混帐东西，是谁叫你做的？"季鹤便托言是范烟桥关照做的。烟桥是鹤望先生的弟子，结果代人受过，给鹤望先生训斥了一顿。

季鹤的诗，却一本正经地做着，如《秋感》云："万里商声起，当秋百感增。壮心悲蔧落，健羽谢骞腾。傲久身多骨，愁长腹有棱。放怀天地窄，把酒一凭陵。"又："黄叶辞林下，年华逝不留。霜风感摇落，尘海悟沉浮。五岳横胸膈，千秋付赘疣。何当倾美酒，倚醉看吴钩。"饶有唐音，耐人玩诵。他任何作品都来得，鹤望先生逢到应酬文章，什九由他代笔。鹤望先生自称不擅书法，有一次和樊云门诗翁通翰论诗，云门复函，力称见地之高，并许书法之秀，鹤望先生很坦白地说："这是儿子季鹤代写的。"

季鹤虽放浪不羁，写字却一笔不苟，遒美的小楷，用朱笔自加圈点。我觉得他的稿笺实在可爱，曾做过一次誊文公，把它誊录一过，然后把副稿发付手民，原稿留存下来，作为欣赏。他对于拙作，颇多谬赞，无非阿私所好罢了。当刊行《逸梅小品续集》，他为写一序，如云："不论上下纵横奇思诡意之事，悉足以供其驱策，而倾吐于纸上。其文峭拔而简洁，劲若有骨，美若有章，选词琢句，宛丽而饶神韵，非恒人之所能及，于是逸梅之文，坐使洛阳为之纸贵矣。"当时我一读一汗颜，如今却一读一腹痛哩。

他逝世于民国三十六年十二月一日，患的是肺病，也许这病和平日饮酒过度有关吧！他为《珊瑚》杂志，撰一长篇小说《龙吟虎啸》，含有史料性，也没有刊为单本，今已无从看到了。

(《文苑花絮》，郑逸梅著，中州书画社1983年12月初版)

## 南社发起人之一陈巢南

南社创始于一九〇九年,发起者三人:柳亚子、高天梅、陈巢南。三人中,以陈巢南年最长,和柳亚子谊在师友之间。我参加南社较迟,没有见到他老人家。最近重版《南社纪略》,加入了几帧照片,陈巢南的遗像也在书内,戴着眼镜,蔼然可亲,完全是一种学者姿态。亚子对陈巢南有那么一段记述:"陈巢南,名去病,字佩忍,原名庆林,字百如,一字柏儒,别字拜汲,又字病倩,江苏吴江县同里镇人。他的曾祖和祖父,是以商业起家的,却有江湖任侠之风。父亲和叔父,都早年不禄,也以能武著闻,孙中山先生曾为亲题'二陈先生之墓'六字。巢南是遗腹子,生得五短身材,脸庞上像把淡墨水染过一般,人家都称为陈矮子……"这些在遗像上都看不出,原来遗像是半身的。尚有一个别署"垂虹亭长",亚子遗漏没有提及。他有一篇《垂虹亭长传》,那是他夫子自道,略云:"年少好事,任侠慷慨,策马中原,上嵩高,登泰岱,又见日出,浮于黄河,探源积石之志。或更逾塞,出卢龙,度大漠,寻匈奴龙庭,蹑屩狼居胥山,骧首以问北溟而后快……"矫矫不群的气概,也没有现诸遗像,大约遗像系晚年病瘃废足后所摄,英气全销了。

巢南精于史学,编有《妫清秘史》《故宫琐记》《迁史札记》等。他和宋教仁相交莫逆,宋曾约他撰《南明史》《后金国史》,可是人事卒卒,没有完成。两人同探杭州灵隐、韬光、烟霞、石屋诸胜,巢南诗因有"且莫筹边论史去,两高峰上一支筇"之句。他从孙中山先生有年,一度被任为参议院秘书长,后在岭峤任大本营宣传,常赴前线讲演,以激励士气,捷报传来,浮白大醉。及陈炯明倒戈,中山先生几遭危殆,他知事不可为,退而为乐育英才之计,先后在一些大学掌教,与金松岑并称为"松柏二老"。巢南号柏儒,这个称号是很合适的。他曾和吴瘿安掌教南京国立东南大学,更称之为"东南两坛坫"。他喜啖樱桃,立夏节,赴玄武湖购樱桃。卖樱桃的为二女郎,虽乱头粗服,而丰韵天然,且貌绝相同,为姊妹花。巢南未免见而有情,一日晤苏曼殊,谈及所遇事,曼殊为绘《湖上双鬟图》赠给他,他奉为至宝。

他对于鉴湖女侠秋瑾的反清革命斗争,深表同情。秋瑾成仁,他拟开追悼会,被戚友所阻而止。他便往绍兴轩亭,撰文哭吊。又与秋瑾盟姊徐自华等为营墓地于西湖，并组织秋社，建风雨亭，在秋社撰书一嵌字联"秋菊有佳色，社会惜斯人"以张之。在当时清庭专制淫威之下，动辄有株连致祸之忧，巢南却置诸不顾，可见相当大胆。此后，巢南又在沪上与王金发等办竞雄女学。竞雄为秋瑾之号，他取名"竞雄"，寓纪念秋瑾之意。王金发曾与秋瑾同事于大通学堂，大通被围，秋瑾就逮，金发几遭杀害。厥后金发反对袁世凯，不幸牺牲。巢南为撰一小说《莽男儿》，叙述金发一生。金发嫡孙王安生遍觅其书得之，引为快事。

巢南晚年息影江乡，筑舍终老，适读白香山《浩歌行》，欣然有会，且香山作此诗，年四十七岁，巢南恰与其同龄，便取"浩歌"二字以名其堂，且刊《浩歌堂诗钞》以行世。又，巢南的绿玉青瑶馆，也有寓意。原来，巢南母倪姓，为倪云林后裔。云林隐居吴江的叶泽湖，即今同里的倪家汇。云林有诗"依微同里接松陵，绿玉清瑶缭复萦"，巢南故居，为云林遗址。这个馆名，倘不说明，谁也猜不出其取义之所在。

巢南逝世后，埋骨吴中虎丘。他是南社发起人，第一处雅集，即在虎丘举行，也是人地相宜的。值得庆幸的是，经过十年浩劫，他的坟墓屹然不动，仍完好地留存着，供来游者凭吊。

（《清末民初文坛轶事》，郑逸梅著，学林出版社1987年2月初版）

## 徐枕亚署名泣珠生的由来

徐枕亚本是小学教师,民初应周浩之聘,任《民权报》编辑,所编的是新闻版,和文艺附刊无关,可是他撰写了一部《玉梨魂》,仿《游仙窟》和《燕山外史》的体例,而骈散出之,作为义务稿。这书情节很简单,而词藻纷披,颇得当时社会人士所欢迎,一再重版,且有盗版牟利的,甚至有人为出《白话玉梨魂》。俞天愤和枕亚有戚谊,深知其中内幕,拟作《反玉梨魂》,经枕亚劝阻才作罢。枕亚因这一书,一跃而为名小说家,五四运动起,新文学家目之为"鸳鸯蝴蝶派"的首领。

枕亚的夫人蔡蕊珠,是金匮名书家蔡廷槐的曾孙女、蔡子平的侄女,娴雅静淑,勤俭治家。奈枕亚之母锺氏,性乖戾,恣意虐待,其兄天啸妇刘吟秋,被凌辱自缢死。蕊珠亦为恶姑所不容,逼之离婚。但枕亚伉俪甚笃,而又母命难违,只得办离婚手续,偷偷地把她接到上海，租虹口馀庆里一小屋以居，一切因陋就简。枕亚在交通路办有清华书局，为了写作，设榻局中，不是天天回家。既而蕊珠怀孕，抑郁劳瘁，以致流产，产后又复失于调养，直至病死，年二十有九。枕亚痛悼，因署名泣珠生，撰《悼亡词》一百首，《亡妻蕊珠事略》、《鼓盆遗恨集》、《蕊碎珠沉记》、《杂忆》三十首，那《杂忆》未刊单本，每诗有一附识，述其经过。枕亚有此隐痛，却不欲彰其母氏的恶行，只得以晦语出之，用心亦良苦了。

(《清末民初文坛轶事》，郑逸梅著，学林出版社1987年2月初版)

## 平襟亚的早年生活

　　平襟亚生于一八八四年九月二十八日,名衡,一署襟霞阁主。赘于沈姓家,一称沈亚公,著《人海潮》则署网蛛生,江苏常熟人。他早年生活很苦,原来出身贫农家,只读了数年私塾,十三岁便在故乡一家南货店当学徒,扫地抹桌,做些杂务。既而父亲病死,他父亲临死前,想吃马鲛鱼,这是一种价廉的咸鱼,可是家里没有钱,他张罗了一下,给他买到,亟持归家,不料父亲已一瞑不视了。因此他生平不进马鲛鱼,大有曾子嗜羊枣,曾晳不忍食羊枣的遗意。他在店里也须应付顾客,这时店铺旁边,有个人摆着书摊,什九是小说、弹词等书,也租给人阅看。这个人逢到中午吃饭,常托襟亚代为照顾一下。襟亚提出交换条件,就是书摊可代照顾,但摊头的小说书,须尽量供其阅看。那个人当然满口应允。襟亚借到了小说,便把柜台抽斗半开着,小说藏在抽斗里,站着偷看。不料这个店铺老板很厉害,早已被他察觉,襟亚正看得出神,老板取了块钱板(置制钱的木板),悄悄地过来,在襟亚头上猛击一下,击得他直跳起来,只好停止不看。但襟亚是个小说迷,无论如何,阻止不了他的爱好。次日,他一看老板不在眼前,又故态复萌,偷看小说,看到情节紧张处,那老板突然而来,又把钱板作为当头之棒。这样次数多了,襟亚的头顶肿了起来,后来,那儿还是光秃秃的有如牛山濯濯,创痕是很显著的。

襟亚很聪明,小说看多了,再加努力自修,文化水平居然有了相当提高,他就辞了铺主,当乡村小学教员,月得三十元,作为办公费,什么都包括在内。他觉得左支右绌,不克维持,又毅然辞职,孑身到上海来,投稿报章杂志,博些稿费,居然月入数十元,比做小学教员要好得多。当时又遇到了朱鸳雏和吴虞公,成为一个"三人小集团",作品也就更多了。襟亚把社会传说的许多刀笔讼师,更采纳了笔记资料,移花接木,写成一部《中国恶讼师》,饶有趣味,深合小市民口味。该书出版后,竟一鸣惊人,默默无闻的小学教员,一跃而为小说家。那位吴虞公也是一位能人,既擅撰写,又精编校,更善于推销宣传,在小集团中起了很大的作用。后来给书商沈知方赏识了,就请吴虞公写一部《新二十年目睹之怪现状》。虞公贪图稿费,也就贸然担任下来,实则其时虞公只二十岁,所谓目睹之

"新怪现状"，要从"母胎里"目睹起，才够得上这个年数的资料，岂不滑天下之大稽。

不久，那三人小集团的成员，朱鸳雏患肺病故世，吴虞公被沈知方邀去，只有襟亚一人唱独角戏。他办了一种小型报《笑报》，刊载了一篇有关吕碧城女作家的琐事，吕碧城看了，认为对她是莫大的污辱，立即向法庭控诉。襟亚一惊，潜往苏州，居调丰巷，足不出户，闲得无聊，就动笔写长篇社会小说《人海潮》，借以消遣（隐姓名为沈亚公，别署网蛛生）。书成，吕碧城远赴欧美，这案件也就无形撤销。襟亚重来上海，把这部小说给沈知方一看，沈认为内容很有趣，刊印了销数是有把握的，并大大地怂恿他。他在麦家圈（今山东路）中段赁了屋，设中央书店，印行问世，一方面请我校勘，并代请袁寒云写一封面，一方面登了很大的广告，结果销路很广，北至关外，南至南洋一带，赚了很多的钱，将中央书店移至福州路，从事扩充。沈知方把自己的经验告诉了襟亚，说："什么书可销，什么书销不多，什么书只能一时销，什么书可以永久销。"襟亚奉为金科玉律。中央书店出版了《人海新潮》、《人心大变》、《恼人春色》、《书法大成》、《名家书简》、《作家书简》、《李鸿章家书》、《秋斋笔谈》；又向沈知方商借了《江湖奇侠传》的版权，列入一折五扣书，销数之广，为从来所未有。后来大家提倡晚明文学，他首先印《袁中郎集》，又搜罗了《说颐》《五杂俎》《小窗幽记》《群芳清玩》、《雪涛小书》、《紫桃轩杂缀》，凡十多种，装成一箱，名《国学珍本文库》，薄利多销，颇受社会欢迎。这时那位南货店老板，受战事影响，店铺闭歇，失业在家，襟亚不记宿怨，就请他来做中央书店的经理，业务日益发展。后来，又办了《万象》杂志，先后由陈涤夷、高季琳担任编辑，内容系综合性，是具有新风格的刊物。他还辑《万象十日刊》，风行一时。及抗战军兴，日寇进了上海租界，抄查各书店，以中央书店刊有抗日作品，襟亚被"宪兵"捕去，关禁了数十天，又科罚了巨款，中央书店便一蹶不振。抗战胜利，襟亚住居威海卫路，他把楼下一间，让给郭沫若、袁雪芬等，经常在那儿开会讨论。我曾看到一帧照片，除郭沫若、袁雪芬和襟亚外，尚有许广平、田汉、洪深、安娥、严独鹤、朱凤蔚。其时被国民党当局觉察了，襟亚又受到许多麻烦。解放后，他应聘上海文史馆，并为上海评弹社顾问。十年浩劫，又复遭殃，影响身体健康，消失记忆力，双耳又聋，幸赖他的夫人陈秋芳昼夜侍奉，儿子东海侨居卢森堡，经常汇款，并寄补药来，得以延长了数年寿命，但还是溘然长逝，年逾八十。

(《清末民初文坛轶事》，郑逸梅著，学林出版社1987年2月初版)

# 黄氏三兄弟

吴中有一文艺组织，取名星社，那是成立于双星渡河的七夕。星社成员每星期集会一次，都是在各社友家里，略备一些茶点，借以佐兴。所谈以文艺为归，声应气求，很是相得。后来时局变迁，生活受到影响，社友旅食各地，星社也就星散了。

黄氏三兄弟，长若玄、次南丁、幼转陶，世居夏侯桥畔，为书香门第。他们的祖父某，擅诗文，著传奇多种，蜚声于时。若玄与我为草桥同学，且同班级。他名觉，字醒华，一字蘧圆。他又参加南社，才固定为若玄。南社多耆宿，他老气横秋，居然和陈巢南、柳亚子等唱酬交往，诗载《南社丛刻》。他风度翩翩，吴江大名士金松岑称他为"浪子江南美少年"。癸亥那年，他在里中创办《癸亥》周刊，出了若干期，颇多学术性文章。他又工骈文，藻采纷披，词情妍雅。记得我早年刊行《慧心粲齿集》，蒙他为作一序，即以骈四俪六出之，摘录首句,以见一斑。如云:"江南秋好,郁尔文才;河北春深,盎然佳丽。撷楚骚之芳草,独具灵芬;采郑卫之风华,非关大雅。洛阳宫殿,女儿当对门之居;巴蜀楼台,美人发天路之想……"书法亦工秀绝伦,这个手稿,我保存数十年,在浩劫中才失去。他又治律有年,某岁忽悬牌为辩护律师,我们社友合送一"黄觉大律师"的铜质牌子,灿然生光,为人注目。可是他有才无命,黄氏三兄弟中,他最早下世。

次为南丁,名炳星。他笔墨生动活泼,极绘影绘声之妙。我辑某报,他为撰《腥风录》,连载了数期,专谈蛇的故事,吸引了许多读者。此外有单行本长篇小说《杨乃武与小白菜》凡四册,为谈杨氏案中之最详赡者,风行一时,各种戏剧,都以它为依据。寿仅中年,亦已物故。

最幼者为黄转陶,名钧。他家和包天笑有些戚谊,所以转陶特别亲近天笑。在吴中办《虎林》刊物,擅书法,一度与人合作书画扇,颇有人向其请教。他爱猫成癖,人们叫他为"黄小猫"。转陶还有一件趣事,他在吴中,经常为沪上各报撰写小文。有一次,他不知在哪里听得一个消息,桃花坞名绅费仲深家发生开电扇触电事,费家娶袁项城的孙女为次媳,触电者即项城孙女。他便写了一篇新闻报道式的文章,名《袁公主触电记》,寄给周瘦鹃编辑的《上海画报》。瘦鹃觉得这是一个崭新消息,应当抢先发表。奈《上海画报》三天出一张，不是日刊，有失时效。好得该报的社址和《小日报》同在一处，为了争取时效，转给《小日报》。《小日报》主持者黄光益，对这稿极为欢迎，第二天即载于报端。岂知这个消息是误传的，没有这么一回事，可是天津袁家见到了报，立打电报到费家询问，当地的戚友，也往费家探听情况，总之函电纷驰，闹了数天，不得宁息。费仲深一怒之馀，立致警察厅长，查究造谣者。转陶经此一吓，也就逃到上海。《小日报》的黄光益以祸由彼报而发，即请转陶任助理编辑。大家和转陶开玩笑说："尊名的'陶'字，不如改为'逃'字，较有现实意义。"此后转陶不再返吴，一自黄光益别有它谋，把该报盘让，转陶和尤半狂、包天笑、姚苏凤等接办下来。他个人又办《新中国报》《中国日报》，成为新闻界名流。在旧社会，名流总要有些排场，出入汽车是最起码的事，但是他尚没有购买汽车的资力，为了过过汽车瘾，化了数百元，买进一部破旧的，经过修理，坐着车招摇过市。奈这部破旧汽车，设备不全，晚间外出，缺少车前的两盏灯，他没有办法，向灯笼店定制了两盏灯笼，悬挂在汽车上。见者为之大笑。他和尤半狂合著《荒乎其唐》小说，刊成单行本，讽刺旧社会，是他的力作。

（《清末民初文坛轶事》，郑逸梅著，学林出版社1987年2月初版）

## 摩西之词

今午绿衣邮使来,交我一巨函,启其封,则忏庵先生所贻之《摩西词》也。书面蟫馀,不堪残损。然忏庵先生于裂幅之隙,缀以蝇头精楷云:"顷读先生纪黄摩西词人事略,有'庞檗子为之裒辑成集,未及付梨枣,而檗子亦殁,其遗稿不知流落何所'。摩西著述,固不止词稿,散佚后不易搜罗。同人曾为校刊《摩西词》一卷,仅留残本,兹呈雅鉴,可与故友结一重文字缘也。"盛情如此,殊足纫感。

书乃非卖品,展之,首叶为赵古泥刻像,题有"梦闇先生"云云,可知摩西又有梦闇之号也。像短发毵毵,瞹瞆掩目,作凝思状,儒者态度也。词目凡八,《和龚定庵〈无着词〉》,又《怀人馆词选》、《影事词选》、《小奢摩词选》、《庚子雅词》、《集外词》、《和张皋文〈茗柯词〉》、《和蒋剑人〈芬陀利室词〉》,下署"常熟黄人"。词清丽芊绵，有嚼蕊吹兰之妙。盖词人一腔情思，出于不自觉耳。爰摘取其小令数阕，以见一斑。《导引曲》云："无言语，无言语，人倚落花门。心版印成眉月样，情丝兜满眼波痕。归遣几黄昏。"《清平乐》云："非甘非苦，心口都无主。昨夜星辰今夜雨，天上人间情绪。　　才人笔底愁痕，美人镜里啼痕。不许旁人窥破，各将梦影偷温。"《浪淘沙》云："秋思渺无涯，负尽芳华。高楼西北有云遮。生就唐衢原善哭，不为琵琶。　　挟策一生差，才调些些。紫兰巷里那人家。闻道新来风雨恶，也作飞花。""紫兰巷里"云云，指其恋人言也。词人嗜画，有《倚马图》《双湖载梦图》《人面桃花图》《黄卷青山红袖三好图》《长剑倚天图》《机声灯影图》《城西闻笛图》，寄意丹青，名士积习也。

词人掌教东吴校，与吴霜厓同事，霜厓深佩其才，尝誉其为文不屑屑于绳尺，而光焰万丈，自不可遏。至其奥衍古拙，又如入灵宝娜嬛，触目皆见非常之物。少骛道家言，日啖朱砂，习剑法及诸异术，故于学无所不窥。亦尝为小说家言，有《蛮语摭残》《银山女王》诸书，皆散佚，未之得睹。《蛮语》则自署"野蛮"，更不知为词人作也。闻词人与王均卿先生善，散佚之书，容询诸均卿先生。

（《小品大观》上卷，郑逸梅著，上海校经山房书局1935年8月初版）

# 黄摩西撰长联

一代奇人黄摩西,生于海虞,不修边幅,蓄发很长,仿佛雨后丛生的乱草。他掌教苏州东吴大学。教室中,前三排学生都不敢坐,因为他不栉不浴,发出臭气,怪难闻的。可是他上课时滔滔汩汩,趣味横生,却颇有吸引力量,于是学生们纷纷带了香水精来解秽。

他为任课便利计,便在附近严衙前赁一楼屋居住。这屋是小山的故宇,很是宽敞,他就辟一室,称为"揖陶梦梨拜石耕烟室"。原来他深慕石斋、梨洲、陶庵、九烟之为人,所以有这累累赘赘的榜额。其中并悬一联云:"黑铁裔神州,盘古留魂三百里;黄金开鬼市,尊卢作祟五千年。"

少骛道家言,日啖朱砂,又习剑法及诸异术,常尽月不寐,数日不食。独游山中,往往入夜,趺坐宿岩树下,友朋促席,剧谈累宵尽，客倦仆，他却滔滔忘日时。他与章太炎先生善，而议论多相左，然与人言，未尝不称太炎也。

自武汉兴师，他奋然欲有树立，一日出门乘火车，至车站，则两足忽蹙，大哭而归。继政府北移，当涂痛毒，海内骚然，益愤闷不自聊，笑詈无恒，数月而卒，其时为民国二年癸丑夏历九月十六日。金鹤望为作一传。

他的著作，有《中国文学史》，充东吴大学课本，复由国学扶轮社印行，惜乎该书只写至明季止，清代没有续成。又《摩西词》八卷、《蛮语摭残》一种、《小说小话》一种，都是载在《小说林》上，署名"野蛮"的，便是他老人家。又《银山女王》小说、《石陶梨烟室集》两卷。所谓《摩西遗稿》，是庞檗子代他搜集的，不料没有印成，檗子病殁，遗稿不能刊印；后来凌敬言代为征集，得文二十七篇、诗八百三十五首、词二百三十六阕，谋刊印也没有结果。

他生前有一恋人程稚俍，遇人不淑，常以《石头记》晴雯自况，奉母居紫兰巷，他就移居其家。稚俍爱他才，常以诗词请他指导。后来她的夫家强要把她卖入平康中，她惊骇逃匿，不久郁郁而死。他制一长联哀挽她，长四百多字，为从来挽联所未有。

他和王均卿也是友谊很深的，其时沈三白的《浮生六记》，外间尚没有刊布，均卿忽得了手抄本，给摩西瞧阅，摩西大为赏识，把它逐期发排在东吴大学所作的杂志《雁来红》上,从此轰动一时。均卿又把《六记》搜罗在他所编的《说库》中,外间才纷纷翻印,直至今日,这书已很普遍地流传,可是那最初来历,知道的尚不多哩。

他原名振元,字慕韩,又常自称"黄人"。

(《清娱漫笔》,郑逸梅著,香港上海书局1965年5月初版)

# 王湘绮游苏笑话

王湘绮曾一度至吴门,遨游名胜,写于日记中,往往有牛头不对马嘴,吴人读之,为之失笑。如云:"从左去,便得玄墓山,盖即支硎也。"实则玄墓山在光福乡,以郁泰玄之墓得名。支硎,俗名观音山,以支遁隐栖得名,相去甚远。王乃误而为一。又云:"访司徒庙,有三怪柏。"柏凡四株,曰清,曰奇,曰古,曰怪,王漏遗其一。又云:"卅里泊浒墅,所谓枫桥寺钟者也。"枫桥为附郭胜地,浒墅则在城西十餘里,若由苏赴锡,为必经之车站,绝对非"夜半钟声到客船"之枫桥寒山寺也。

(《瓶笙花影录》卷上,郑逸梅著,上海校经山房书局1936年6月初版)

## 胡石予先师的画梅

斋头悬着横幅绛梅,老干生枝,红英疏落,上面题着数字:"春朝樽酒浮新绿,旧岁盆梅吐浅红。"这是先师胡石予先生的遗墨,我闲着兀是对它出一回神,发一回呆,因为瞧着这一帧遗墨,那脑幕上便不觉涌现着疏髯苍颜、布衣朴素一位老诗人来。一会儿仿佛他老人家仍在吴中草桥学舍,而我也年光倒流,执经问难,他检着邺架牙签,把前人的解释,指给我看。一会儿又仿佛和他老人家冒着风雪,划船到鼋头渚去,他老人家就把铅笔在记事簿上写成古风一首。一会儿又仿佛和他寓楼清谈,今昔的一切,都作为谈话的资料,原来我们师生的感情很是笃厚,毋怪印象深刻,不易磨灭了。

先师画着一手很好的梅花,尤其是墨梅。间写红梅,题着"胭脂买得须珍重,不画唐人富贵花",也很有致。有时且作红绿梅,那又妩媚旖旎,别成风格。

先师作画，据他所撰《画梅赘语》的称述，是快翁指导他的，今把这《赘语》录一则在下面："快翁能诗，工隶书，尤善画梅，余之画梅，实自翁发之。余年弱冠，翁已七十馀，与余同试金陵，极爱余诗，而亟劝勿作，谓恐妨进取也。既而乞其画梅两帧，及寄来，则得八帧，谓有某君亦世交也，寄纸乞画，余以其人不能诗，殆亦不识画，故挥毫已毕，择其尤者分赠足下。余得之大喜，赋诗谢之，后遂开始写梅矣。一日，翁来视余画，曰可，将别，以一语相赠，谓平日宜观玩旧本，动笔时，当一切扫去，万不可临摹，一临摹，则为旧稿所缚，不能变化矣。余谨铭佩此语，今虽画百幅千幅，无一幅同者，则翁之教也。余于平时，观玩昔人稿本之外，尤喜观老树古本，谓颇有寒梅奇崛之态。又疏枝带月，洒落素壁，亦俨然一幅画稿也。昔人作草书，随处取意，余于写梅亦然，则扩广快翁之语而得者。翁作古已二十馀年，所为诗曰《飘鸿集》、《补梅草堂集》。《飘鸿》皆难中之作，尤多佳篇云。"按快翁管氏，名槐，字少泉，晚自号快翁，太仓南门外雪葭泾人。

据吴湖帆见告，先师画梅的动机，却在某年，他的尊翁讷士先生在苏办师范讲习所，先师由昆山方唯一的介绍，来苏担任讲习所的教职，那时便借他南仓桥旧宅的鸳鸯厅作为临时办事处。厅事的窗格，那窗心纸颇多出于他的先祖窓斋手笔，画着几笔简单疏逸的墨梅。先师长日无聊,濡毫展纸,学画梅花,借以消遣。所以先师的墨梅,枝干也是简逸挺硬,所谓先入为主,后虽加以变化,然尚有迹象可寻。这说和《赘语》有分歧,姑两存了吧!湖帆读书吴中草桥学舍,亦先师的弟子。

画梅请兵,这是先师生平惟一得意事,有《画梅请兵歌》一首,记述这段佳话:"平日喜写梅,消闲无挂碍。一自索者众,攒眉等偿债。岂知卫桑梓,用作请兵画。去年我乡里,猝然肱篋辈。一夕劫九家,明火持军械。官役四出捕,首从并就逮。众供无异辞,渠魁抵死赖。迁延一岁馀,逍遥法网外。恶徒未予惩,盗风炽何怪?况复值隆冬,商民心咸戒。比闻农佃户,又罹群盗害。警告须预防,合词请兵队。周(曙东)李(君默)二君偕,晋谒林统带(王废基营)。虽不见峻拒,亦未一诺慨。但云防汛多,势难遍分派。禀商程抚军(程雪楼),君等且请退。既出共踌躇,李君向余丐。道林虽武人,颇闻无俗态。临池宗鲁公,风雅殊可爱。书画本一途,苔岑讵分界?盍写老梅株,投赠为绍介。或者气谊亲,不至有隔阂。闻言欣然从,磨砚墨充沛。濡笔即挥洒,神采与古会。纵横逼苍劲,历乱动芬馤。同一馈遗事,尚不涉暧昧。迅哉驻防兵,移拨五日内。闾阎得安枕,阖境咸称快。同声感林公,厚惠蒙赐赍。请兵倩癯仙,艺林添佳话。其实细事耳,关系原不在。行政有权衡,馀言自嗃嗐。"

敝箧中尚存有先师画梅润例一纸，那是我和高吹万、柳亚子、姚石子、余天遂、樊少云、汪鼎丞、赵眠云、范君博具名代为重订的，润例很低廉：屏条三四尺每条一元，五六尺每条二元，七八尺每条四元，横幅同，整张倍之，雪景加倍，设色加二成。扇册每件一元，先润后画，立索不应。收件处苏州草桥中学、昆山蓬阆镇。先师且在润例后，题有一诗："鳜生画梅三十年，题画诗亦千百首。用覆酱瓿糊败壁，差堪胜任他否否。乃者索画人益多，秃尽霜毫如敝帚。为劝润例一再加，嗜痂逐臭来诸友。都说此非造孽钱，可购书读可沽酒。荒荒世界万花春，一笑从云忘老丑。"

程仰苏先师，邃于经学及许氏《说文》，因自号师郳，和石予先师同事吴中草桥学舍十五六年。仰苏先师病殁开吊，石予先师因假期在乡，身体不适，颇畏奔走，缺于一拜，后开学到苏，便画梅一幅，题挽诗于其上，在中庭焚化。挽诗云："草桥风雨自年年，高阁明灯手一编。三载南城移疾去，少微星已殒长天。""研经远溯汉师承，桃李门墙久著称。今日心丧诸弟子，龙蟠凤逸早飞腾。""落落襟期迥不同，那禁洒泪向秋风。诗忘留稿林君复，书积成巢陆放翁。""哀乐中年故自伤，右军身世亦悲凉。枯桑海水天寥沈，怅断江楼话夕阳。""对榻危楼述旧诗，十年尘梦断游丝。布衣犹作东庐客，剪纸招魂月落时。"

画梅画叶，画梅画梅实，和画梅但画繁枝不补一花一蕊，这都是先师作画的创格。他老人家自己记述道："半兰旧庐后园中，甲子八月，齐卢战争时，仰视天空飞机，瞥见梅树着花，以为异，其后陆续开放，至九、十月间，而梅叶未尽凋落也。适为友人作画，遂赘以残叶，创空前未有之画稿也。"又一则云："少时屋后荒篱之南，有梅一树，多年不着一花，乃戏为《催花曲》，而所画仅作繁枝，亦纪实也。"又一则云："前年消暑在家，邻家王姓儿童，年七龄，持纸扇要余作画。余为画梅三枝，着十馀花。童子欣然问余曰：'何日结梅子？'余戏曰：'明日。'讵知明日，童子又持扇来，请画梅子。余以昨日曾言之，不可欺也，乃为缀梅实数枚于疏枝间，又创空前未有之稿。追忆及之，不禁欲笑。"

先师见贻的画梅，当推一立幅为最精，水墨不设色，弥觉古逸，题识云："莽莽苍苍，寒星之芒，孤涧有光，满山流芳。是帧为某君写，右方一角污于墨，易去，嘱装潢家补缀之。戊午春日，石予识于吴门草桥学舍。"又加题云："逸梅同学弟，敦气谊，重然诺，不矜才，能自立，自是有志之士，以拙画赠之，为癯仙添一知己。辛酉季秋，胡蕴志于草桥学舍。"我移家来沪，这画张诸沪北青云路之素壁，经过"一·二八"的烽火硝烟，这画却安然无损，真可谓历劫不磨了。又红梅立幅一，题云："花知主客俱不凡，一夜春风融绛雪。逸梅吾弟乔迁沪上,写此为赠。已巳春初,胡蕴录范成大红梅句。"又红梅册叶一,题云:"愁红怨紫漫相猜,谁貌罗浮片影来。画到胭脂颜色冷,始知桃李是凡才。张船山诗。逸梅同学友雅属,庚申孔诞日写,石予。"钤印二:一"病梅",一"一树梅花"。又墨梅扇一,题云:"尘牍渐清闲徙倚,一尊薄酒酹梅花。薛慰农句。逸梅吾弟雅鉴。戊辰重九后三日,石予。"扇之又一面,为张丹斧书,今则两人都已物故,成为不可再得的遗墨了。

先师画梅外,间亦写兰,我又藏有写兰册叶一帧,怪石一拳,兰茁石罅,伍以灵芝二枝,别饶韵致。题云:"兰生空谷,不以莫服而不芳。戊辰秋仲,石予写于听秋轩。"这是很难得的。

先师和胡寄尘神交没有谋面,寄尘为题近游图,索先师画梅,画成,题诗云:"尔我未识面,结想在梦寐。我为我写照,瘦有梅花意。君貌复如何?倘与花无异。"又云:"折花寄驿使,客到花何处。写入尺素中,春风常不去。"又为高天梅画梅,题诗云:"淫霖作秋患,遂伤禾与棉。吾民生活事,哀哉听诸天。兀坐思愈苦,写梅心自怜。故人久不见,乃寻翰墨间。风雨犹未已,对此将何言。"

先师家有古梅一株,偏入邻家,南邻建屋,便被伐去大半,根株受了重伤,不久萎死。这时先师适赴试白门,以致没有磋商馀地,先师念念不忘,画梅题语述及之云:"忆昔东篱外,一株梅最古。邻家结茅屋,老梅泣樵斧。于今十载馀,迁延未经补。常为梅写照,千枝万枝许。耿耿视此心,区区何足数。思买山僻地,诛茅拓花圃。尔为入幕宾,我作东道主。待尔花发时,深居不出户。"题就,友人张君见了,把盆景红梅一株易去。

先师自题画梅绝句,意境冲夷,直抒襟抱,录几首如下:"冬菜汤和豆瓣香,咸酸味最耐人尝。如斯淡泊宜消夏,写幅梅花引兴长。""自是人间疏懒才,不宜金殿玉楼台。穷檐古屋谁知己,竹偃篱根松卧苔。""玉笛江城听落花,故人离索又天涯。一枝破笔三杯酒,满屋诗声客在家。""冰雪聪明风雨酸,忧来感触又无端。柴门一闭斜阳里,冷入心窝骨亦寒。"

叔异兄是先师哲嗣,事变后入蜀,山居多暇,便临着乃翁的稿本,居然楮素着花,馀韵犹在。叔异深苦没有题句,来信嘱抄先师的画梅诗,我曾一再抄录,附入邮筒寄去。古人所谓克绍箕裘,叔异真可当之无愧。

若干年前,心汉阁主邀我和先师游梁溪,同访老画师吴观岱。既返,先师画墨梅小幅,并题七古一首,写在画隙,邮寄观岱老人。先师自谓:"班门弄斧,借诗以掩其陋。"这是先师的谦逊语。诗录于下:"九龙灵气入君袖,化作一枝笔苍秀。山水人物日出奇,大江南北推耆旧。入门喜得见山人,长髯白雪瘦有神。论画一吐心得语，中天月朗开层云。山人出山为壮游，匹马北看黄河流。万山挟我画师去，绝好奇缘燕市住。知己乡土老南湖（廉南湖），秘阁同观万轴图。宋元以还作者众，追摹日夜心神舒。归来雄视六合内，龙门声价高一代。投赠不肯不择人，是何意趣群疑怪。沧桑世界感飘萧，人老湖山酒一瓢。秋风岁岁病缠苦，今日快谈兴高举。对客殷勤无倦容，貌古语古情亦古。出示杰作精气凝，我敢许君大寿征。"题句多，几乎写得满幅了。

游梁溪时，认识文友孙伯亮，先师画梅赠给他，题诗云："夕阳老树影横斜，仿佛孤山处士家。正是东风催解冻，满林晴雪有梅花。""导我山游初雪时，未遑溪馆一题诗。要当重访高人宅，寄语梅花莫怪迟。"顷晤诸健秋画家，得知伯亮近亦在沪，拟访候他，告以先师客死事。

蒋吟秋托转求先师横幅画梅，不料画就，为殷洪乔所误，没有收到。先师知之，便裁纸素，重作一帧，借张皋文《茗柯词·水调歌头》句补题云："东皇一笑相语，芳意落谁家。"即景生情，很为得体。后晤见先师，谈及补画事，先师录写最先所作那幅上的题句："后门早起启篱笆，不怕春寒老自夸。旭日未升啼鸟噤，晓霜如雪看梅花。"

书画作伪，于今为烈。先师的墨梅，外间颇有伪品发见。同学王君在冷摊买得先师画梅，欣然给先师瞧看。先师说："我的画，虽不见十分高妙,但如此纷乱无序,俗气熏人,那么虽初执笔的时候,也决无这样的丑劣,那是赝鼎无疑!"王君听了,很为扫兴。先师道:"我尚有补救办法,你且磨墨来!"便在左边空隙,补写梅花一枝,并加题句:"生前已有假名者,死后可知价值高。笑语王生休懊恼,为君左角一添毫。""我画梅花四十春,冷摊发现已频频。不知雅俗难淆乱,婢学夫人惜此人。"

盐城徐荔亭,为元和县学官,善画墨梅。先师很慕羡他,持纸往访,没有晤到。次日,荔亭到先师校中来回谒,一见如故。谈了许久,先师出示己画,荔亭大加赞许,谓:"干间焦墨数点,超脱有神,非老手不能办到。"隔了数天,荔亭画屏幅为赠,先师报以七古一章:"我画梅花无所师,好此辄杜撰为之。未见王元章墨本,乃摹林和靖梅诗。雪后园林才半树,水边篱落忽横枝。时时吟此十四字,非亲炙亦私淑私。今年忽见先生画,独得此诗之神奇。自愧不如城北公,大巫在前小巫疑。犹幸草木我臭味,奚必专求古人为。踵门乞画适相左,冒昧之罪所弗辞。乃者明日劳枉顾,一见真如旧相知。扑却俗尘三百斛,笔墨以外非谈资。匆匆别去无几日,生笺数幅迅寄驰。既惊神速复神妙,拍案叫绝乐不支。枝干何所似?古劲秦篆碑。花萼何所似?顽艳唐宫词。拳曲如怪石,棘刺如立锥。侧者如鹤翅斜出,倒者如龙爪下垂。骨格苍秀如松柏,精神飞舞如蛟螭。复如古美人，姗姗步来迟。浣纱波滟滟，苎罗越西施。枝雪风萧萧，绝塞蔡文姬。稍肥愈觉玉环美，微瘦不损飞燕姿。自喜艳福颇不薄，乃以尤物老自随。晨夕晤对索之笑，居然秀色可疗饥。从此写梅有师承，诗律俱细又可期。报诗一章肃再拜，投贽门下礼亦宜。"题句信笔出之，错落可喜。

一度有人提议以梅为国花，先师画梅，为兴益高，便嘱门下士周实刻"国花"二字印章，周实并加边款长跋："石予夫子酷爱梅花，种植既多，画亦数十年，凡应人之求而流传者，岁逾千帧。近闻人议以梅为国花，因命实以'国花'二字制印，殆与渊明、茂叔之爱，同其意也。戊辰春，门人周实记。"这颗印章，尚保存在他后人处。

先师病殁铜陵，那时为民国二十七年八月廿六日巳时。此后，门生故旧，如高吹万、范烟桥、赵眠云和我四人，感逝伤怀，假沪上法藏寺举行公祭。这天参与的很多，姜可生撰了二首诗："垂老携家出，仓皇为避兵。梦归耽化鹤，仙去白骑鲸。学圃摧耆哲，骚坛失主盟。铜陵风雨夜，萧瑟想平生。""尺幅画梅好，常存箧衍中。如何今夕酒，不与故人同！黯黯人间世，萧萧江上枫。我来歌楚些，吹泪满西风。"这天并陈列先师遗作，有墨梅，有绛梅，有绿梅，有雪梅，约有数十幅。

姜可生所藏先师的画梅，是柳亚子代索的。可生有两信寄亚子，其一略云："同社胡石予君，其人何似？闻善画墨梅，足下愿为我媒，丐得一帧否？昔彭雪琴眷杭州名伎梅仙，后梅仙死，彭氏尝誓画十万梅花，以志终身不忘之意。愚想慕彭氏为人，而所遇复同，独恨愚不能工画事，且所恋之梅影，犹在人间，黄金作祟，好梦如云，世少黄衫客，李益终为薄幸人耳。石予先生倘不我弃乎，则我死后，也留得一段伤心史，不让彭氏独步。愚命系一发，死期迫矣，足下其速有以报我。"其二略云："早日接海上颁来琅函，并石予先生法画，交颈枝头，灵犀一点，石予知我者也，乞代为谢。"可生名嵪，别署杏痴，南社诗人。

东江王大觉致函先师索画梅，有云："与公未识一面，未通一札，读公诗文，窃仪其人。今忽尔以寸笺达公者，欲乞公画梅耳，则绿萼梅为我二人作绍介矣。西向发此言，想见剖函时掀髯一笑也。寄奉《青箱集》《乡居百绝》各一册，为先施之馈，法画亦祈早日见饷。此函专为乞画而发，不及它语，留它语，作第二函资料也。"又有乞画诗二绝："家家花事阑珊矣，五月江城今又赊。敢乞孤山图一幅，不愁春尽叹无花。""昔日我家宾竹翁，龙蛇数纸得昆峰（昆山钟若玉女史，尝为先高祖宾竹翁画梅，今已不知飘零何所矣）。百年冷落罗浮梦，仍向昆峰觅一丛。"既而先师谓："画梅喜画巨幅，纸小便无用武地。"大觉戏占一绝："画梅幅小负君才，却似幽花撑壁开。试问乾坤如许大,可能容得几枝梅。"

袁雪庐老人擅画梅,虬枝铁干,老笔纷披,颇得郑小樵《后梅花喜神谱》大意。晚年手震,不能作画,致书先师索画梅云:"仆甚爱君墨梅,闲雅非流俗人所能赏鉴。仆虽亦弄翰三十年,然自视形秽,直类荒伧,乞来春为仆写一横幅,并题诗数章。仆今病不出门,当张君画素壁,坐卧香雪之旁,以乐吾馀年足矣。"不料越岁初春,雪庐遽归道山,先师便画梅横幅,题挽诗于空处,寄给雪庐的后人,嘱他焚之灵前。

顾冶仲,为先师四十年前的旧友。冶仲常在北京,某年秋日,先师出游白门,冶仲适南还,招先师饮于桃叶渡之绿柳居。别后,索先师画扇,不料为邮吏所误,搁置一年。冶仲更托人带扇至蓬阆镇,先师迅速画就,题七绝一首:"东风袅袅柳依依,万片梅花作雪飞。霁色初开春乍暖,鸟声啼破绿烟肥。"跋云:"此余近日所为诗也。写梅花入珍箧,远寄数千里故人,不愁飘落矣。"

先师困居铜陵,乏人照料,颇想来沪,画了几幅梅花,预备到沪赠给友好的,并有一帧已写就我的名款。后来铜陵沦陷,许多画幅一股拢儿给人攫去。先师惊悸成疾,失于医药,致死异地,而我应得的最后纪念品,不知落在阿谁之手了。

(《文苑花絮》,郑逸梅著,中州书画社1983年12月初版)

## 翁宗庆家藏翁松禅手迹

上海有两位爱好书法而偏嗜其藏品的：一蔡晨笙爱好沈寐叟，收藏寐叟书件，达四五百幅；一翁宗庆爱好翁松禅，收藏松禅书件亦不亚四五百幅。两相辉映，艺林传为佳话。

翁宗庆，他是常熟翁太傅松禅的玄孙。古人云："君子之泽，五世而斩。"翁宗庆却是例外。他家学渊源，绵延勿替，临松禅书确有几分神似。上海颇多书法组织，经常请他去指导讲述，他为了发扬书道，也就金针度人，乐此不疲。

他童年时在故乡，常到《孽海花》作者曾孟朴的虚霩园去，孟朴和蔼可亲，他便缠扰着孟朴，为他讲些异闻佚事，迄今那"东亚病夫"（孟朴别署）的謦欬容态，在他的脑幕中犹留有深刻的印象。弱冠，又和著《续孽海花》的燕谷老人张鸿交往频繁，所以他关于清末民初的掌故，听得很多，也耳熟能详了。诗人杨无恙和他为忘年交，日濡月染，获益匪浅。且这几位前辈，都熟稔松禅的往事，谈起来津津有味，这却增长了他追远缅旧的思想，首先搜罗了《翁松禅日记》影印本，整理了松禅的手稿。这些手稿，十九没有刊布，成为秘笈，即《日记》也有集外遗珠，由他保存着。

累代传下的松禅书件，如楹帖、屏条、横幅、匾额、扇面、册页、尺牍，各式都有，正草隶篆，各体俱备，举凡蝇头之细，擘窠之巨，炳炳煌煌，蔚为大观。松禅每逢寅年寅月寅日，辄磨朱墨，一笔写一"虎"字，旧俗迷信，认为可以压邪，宗庆藏有多帧，作为纪念。书与画是相通的，松禅兼擅绘事，人物、花卉、山水都有一手，但不轻示人，什九自己留皮。行世的有商务印书馆所印的《松禅老人遗画》一册，原为翁之熹克斋所藏。别有一册，亦商务印书馆所印行，名为《松禅戏墨》，那就真伪参半了。

当时松禅书画，名震南北，作伪者纷至沓来，如赵古泥、黄玉麟、黄葵生、陶声甫等所作，往往乱真，即虞山兴福寺所悬松禅屏联，也是赵古泥仿摹的。由于真伪难于辨别，因此宗庆常与张菊生、沈淇泉、谭泽闿、俞啸琴、钱冲甫等老辈商讨研究，渐具鉴赏能力，此后所见愈多，鉴别愈精，一经寓目，真伪立判了。

宗庆于松禅作品，广事征求，不论巨细，愿出善价，倘有不欲得资者，则以其他书画相易，物归所好，所有锦囊玉轴，都是他高祖的遗泽。他的夫人很讨厌他,原来所有的衣笥及杂物橱,都被他占用,未免啧有烦言。他充耳不闻,依然如故,大有笑骂由她笑骂,藏书我自为之之概。松禅词不多见,宗庆处留有十馀阕,有《浣溪沙》句"水花风柳谢家桥"最为脍炙人口,宗庆乃请顾飞绘之为图,陈从周书端,潘景郑填词,成一手卷,付诸什袭。

(《文苑花絮》,郑逸梅著,中州书画社1983年12月初版)

# 陈端友的琢砚艺术

陈端友是怎样一个人，那位熟悉他生平的彭长卿曾经告诉我一些，我就根据他所述的，作一概括的介绍。

端友曾制一苦瓜砚，造型甚为朴雅，一天，给名画家任伯年的儿子堇叔瞧见了，赞赏不置，便为他在砚匣上作一题识，有云："逊清道咸同光间，吴中业碑版椎拓锲刻号第一手者曰张太平。太平死，弟子陈端友能尽其术，为及门冠。张固贫，死无馀蓄，则赖端友作业以赡其后。端友名介，字介持，以别署行，虞山人，尤善治砚及拓金类文字。其治砚务意造，不屑蹈袭，有辇金请谒，令赝顾二娘，被峻拒。说者谓端友刻意千秋艺事，洵有不可及者。"这几句识语，仿佛为端友做了个小史。

端友为了谋生，足迹常到上海。这时上海有两位名医，一小儿科徐小圃，一西医余云岫，负了盛誉，当然生活富裕，爱好书画骨董,作为诊馀遣兴。尤其收藏佳砚,累累满架,什么蕉叶白、火捺、眉纹、龙尾,应有尽有。尚有许多佳石,没经琢刻,徒然为未凿之璞,莫呈辉丽。听得陈端友善于琢砚,两名医动了脑筋,请他来家,彼此轮流做东,供其食宿,并给优厚工资。端友也就安定下来,覃思竭虑,在琢刻方面,下着细巧工夫。他的琢砚,不能限以时日,快则一月一方,也有二三个月一方,甚至一年半载或数年一方的,由于难度的高下,艺术性的强弱,不能一致了。据说他一生所琢精品,约百方左右,都归两医所有,大约徐小圃占有百分之六十,余云岫占百分之四十。解放前,徐小圃携了一部分赴台湾,余云岫却留在国内,所有精琢的名砚,都归上海市博物馆收藏了。数年前,上海市博物馆曾举行文房四宝展览会,所谓文房四宝,便是笔墨纸砚。砚的部分,就有好多方是陈端友的作品。有一方龟砚,这是他一生最得意的代表作,整整化了三十年时间,才得完成,状态生动,极鹤顾鸾回、曳尾缩项之妙,友邦人士看了,无不为之惊诧。

顾二娘是琢砚惟一圣手,曾向人这样说:"砚系一石,必须使之圆活腴润,方见琢磨之功。若呆板瘦硬,乃石之本来面目,琢磨云何哉!"陈端友制作的砚,确是形象地体现出圆活腴润的美来,是值得令人借鉴的。

端友的老师张太平,有子张文彬,能继父业,和他的妻室都善雕琢。文彬在一笔筒上,刻着白龙山人的花卉,笔致苍劲,成为一件极好的艺术品。他的妻子仿制顾二娘的筛子砚,几可乱真。他们夫妇俩收一学生张景洲,也精于此道,且因陈端友琢砚的技能高超出众,又拜了端友为师,渊源不绝,成为佳话。

(《文苑花絮》,郑逸梅著,中州书画社1983年12月初版)

# 苏绣沈寿的《雪宦绣谱》

刺绣是我国传统工艺美术之一,在国际上享有盛誉。它的流派很多,风格各异,其中以顾绣和苏绣最为突出。

顾绣得名于上海露香园明代顾名世的儿媳缪氏及孙媳韩希孟,她们都善绣佛像和人物。曩年上海举办文献展览会,展出顾绣多帧,细针密缕,栩栩如生,吸引众多观者。至于苏绣,便首推苏州沈寿了。沈寿生于一八七二年,原名雪君,一名云芝。某年,其夫余兆熊(觉)的友人单束笙,在北京工商部供职,看到沈寿的绣品,赞不绝口,提议在慈禧太后七十寿辰时,绣一幅《八仙上寿图》为献。沈寿在兆熊的怂恿下,化了很多工夫,居然绣成一巨幅。及进呈宫闱,慈禧大为喜悦,竟得御赐"福"、"寿"二字,从此她就废去雪君的原名而为沈寿了。

沈寿家里开设骨董铺,除陈列铜瓷玉石外,当以书画为大宗,这使沈寿得以广泛接触名作,深受艺术熏陶,造就了极高的审美素养。她从小学绣,能把画幅的章法线条,虚实明暗,如实地在缣帛上表现出来,故称为传真绣。这样高超的技艺,使沈寿的声誉倾动南北,博得"针神"之号。她又根据油画绣成《耶稣像》一幅,陈列于巴拿马博览会,荣获一等奖。又为一西方著名歌舞家绣像,画中人展开舞扇,微笑嫣然,歌舞家以为传神阿堵,妙到毫颠,酬以五千金。她又根据铅笔画为意大利皇后绣像,皇后欣喜之馀,颁赠嵌有皇家徽章的钻石金表一块。从此,沈寿不仅驰名国内,而且享誉海外,开中国美术史新纪录。

沈寿二十岁嫁孝廉余兆熊,同居苏州仓米巷。后来为创办刺绣学校,迁至马医科巷,距俞樾的曲园很近。这里屋宇轩畅,饶有亭榭水石之胜。清宣统元年(一九〇九年),南京举办南洋劝业会,骈罗百物,相互观摩,湘、鲁、江、浙的绣件,四方云集。沈寿被聘审查绣品,又任京师绣工科总教习。不久,绣工科停辍,而张季直在南通女子师范学校附设绣工科,便延请沈寿为主任。盖沈寿之于绣,能悟象物之真,能辨阴阳之妙,潜神凝虑,以新意运旧法,自谓:"天壤之间,千形万态,入吾目,无不可入吾针,即无不可入吾绣。"季直听了,为之动容。但沈寿体弱多病,季直深恐她的绝艺失传,便请她讲述绣艺,凡一事一物,一针一法,分门别类,日述一二,由季直亲笔记录，半年多后，撰成《雪宧绣谱》一书。全书分绣备、绣引、绣针、绣要、绣品、绣德、绣节、绣通等八项，并且附有线色类目表，共八十八目。一九一九年，该书由翰墨林书局出版，线装，啬公题签。啬公即季直的别署。印数不多，如今恐难觅到。之后，如续编《美术丛书》，我认为应把这部书采入丛书中，以广流传。沈寿四十八岁卒，埋骨南通南门外的黄泥山，季直题其碑曰："沈雪宧之墓。"未能归葬，余兆熊大有意见，撰有《痛史》。宋金苓、周禹武、巫玉等为其弟子，能传其艺。最杰出的为金静芬，既有传统的经验，又有创新的技法，绣成《红楼梦》十二金钗，轻盈秾艳，各极其态，加之柳绿低迷，花红历乱，背景又复雅韵宜人，见者无不啧啧赞誉。继之又精绣唐周昉仕女，骎骎入古，更登艺术高峰。她就是从沈寿的传真绣中蜕化出来的。

（《文苑花絮》，郑逸梅著，中州书画社1983年12月初版）

## 徐卓呆啖豆饼

在抗日战争时期,上海沦为孤岛,生活很苦,我除教书外,兼辑一小型报。为求阵容壮大起见,便拉了几位老朋友帮忙写稿,那素有"笑匠"之称的徐卓呆,当然是其中的中坚分子。有一次,他寄给我一篇《先天下之吃而吃》,看了怪有趣味,就把这篇妙文发表出来,原文大略如下:

"在户口米吃不饱而黑市米买不起的时候,我家里人,早已大起恐慌了,独有我作会心的微笑,默无一语。当他们极度忧虑,我就对他们说:尽管放心,决不会饿死,我早已备好干粮了。因为我家兼营酱油业,常有充酱油原料的豆饼送来。我胸有成竹,预备一朝买不到米,就得把豆饼来充饥。今见家人们如此恐慌,我就立刻实行,将豆饼磨成了粉,试制各种食品,觉得虽没有独立性,倒是个很好的配角。混入面衣中,其味甚佳,且有香气,而且成分可以各半,制馒头、面包,也颇可口,面疙瘩亦可。但这些成分,只好三与七之比,太多了,恐怕缺乏粘性,所以要做一条条的面,就加不进去。有时领到了户口碎米,拿来煮粥,往往有一些怪气息。如果放一些炒过的豆饼粉下去,豆饼粉的香气,就可以将这怪气息盖去,不但效力大,量也多了。我家一吃之后,人人满意,每月本来可以领到四十二斤面粉,现在大约可以加三十斤豆饼粉进去。这样一来,差不多有了七十二斤面粉可吃,肚子里可以多塞许多东西下去了。把它当作炒米粉那么拌来吃,倒也很香,而且不用和入面粉,不过糖太费了,不是生意经。这是我家独行之秘,一向不肯告人,因为豆饼是猪猡吃的,说出来到底有些难为情,所以只好关好了门大嚼。不料前天早晨,内子华端岑一读报纸,哈哈大笑,原来当局要将豆饼粉作为户口粮了。我一闻此讯,大为欢喜,从此以后,不必怕羞,我合家可以公开做猪猡了。"

我把这篇妙文发表的下一天,有事经过卓呆所居的普恩济世路(即现在的进贤路),顺便到他家里湾一湾,我就问他这豆饼粉当真可口么?因为卓呆游戏三昧,往往说着开开玩笑的。不料他一本正经地对我说:"豆饼粉的确很好吃,这里多着呢,你可以带一些去尝尝。"说着即由他的夫人包了一包给我。我带回家,当场试验,在豆饼粉中加入了些白糖,觉得香甘可口,风味不亚于豆酥糖。我吃了再吃,越吃越有味,可是吃完了,不便再向卓呆索取,以为横竖当局要配给出来,吃的机会多着哩。不料尽信报不如无报,报上的消息靠不住,当局始终没有把豆饼粉充作户口粮,那么人家不做猪猡,卓呆却做了十足道地的猪猡,而我也奉陪了他加上猪猡头衔的刚鬣公。

(《文苑花絮》,郑逸梅著,中州书画社1983年12月初版)

## 方唯一足智多谋

我对于昆山耆宿,最推崇胡石予和余天遂二师,而石予师平素一再道及方唯一其人。

方唯一,是昆山蓬阆镇人,和石予师居同里闬,两人过从甚密。据石予师见告,唯一作诗渊雅入古,而又才思敏捷,有所作,不自珍惜,往往随作随弃,不留其稿。又善八法,为人写扇册,他不录前人诗什,边书边撰,或杂记,或诗话,都成妙谛,这是任何人所不及的。他一度为吴下寓公,石予师也在那儿掌教草桥学舍,且任舍监。唯一后人肄业该校,一次,后人触犯校规,石予师不加袒护,且力主秉公开除,一方面由校方揭出除名布告,一方面石予师走向唯一道歉。唯一不以为憾,交谊如故。唯一又和吴湖帆的父亲讷士友善。讷士承窭斋之后,颇富收藏,又曾斥巨金购得昆山顾亭林《天下郡国利病书》稿,乃黄荛圃旧藏,为经世的名著。稿虽出于当时钞胥之手，但经亭林亲手增损修正，确为艺林瑰宝。讷士既识唯一，以唯一为昆山人，昆山人的著作，应归昆山贤彦保藏，便慨然把这地方文献赠给唯一。唯一欲据为一己之私，湮没故人的风义，转交昆山图书馆，因有"千金赠我亭林稿，藏诸名山两不磨"之句。奈其时干戈扰攘，图书馆常川驻兵，恐被拉杂摧毁，移庋某银行保管库。他的保存古物，用心亦良苦了。

最近《昆山文史》谈及方唯一，足补我见闻的疏漏，借知唯一生于一八六六年，卒于一九三二年，六十六岁。家境贫寒，少时入赘嘉定钱门塘张氏，姓名为张方舟，后改名为方中，既而举贡生，能自立，还到了方家，复改姓名为方还，含有不忘其本的意思。

唯一具有革命思想，武汉起义，他在家乡响应，手持白旗，奔走街坊间，大声疾呼："不怕杀头的跟我走！"得民众支持，推举他为昆山民政长。既光复，他发起办蚕桑场、树艺公司，旋辟为马鞍山公园，又创商会、学款经理处等公共事业，以谋群众福利。唯一又足智多谋，当一九二七年，北伐军尚未进驻昆山，那盘据在昆山的军阀张宗昌部队，要挟商会，勒索五万元。唯一与商团及救火会等团体密谋对策，并亲自出面，与部队假商会谈判，一面暗嘱商团及救火会人士，趁夜色朦胧，在火车站大放鞭炮，同时拉动火车汽笛，声震数里，佯称北伐军来临。军阀部队，闻讯大惊，仓皇遁逃，地方有"方唯一智退张宗昌"之说。

唯一诗以不留稿故,没有印成诗集。石予师录有多首,转抄一二,以见一斑,如杂诗云:"欲御瑶琴花下弹,积阴天末殢春寒。石厓齿齿泉流涩,空忆美人双玉盘。""满眼飞花不见天,津桥三月绿阳烟。渔翁那管春将老,日抱芦漪中酒眠。""敢将旧事问春华,春睡初醒日已斜。憔悴江关馀白发,一年又是紫藤花。"听说昆山有个迎宾馆,客厅里一副对联:"且挂柳梢鞭,此地是玉山佳处;所来天下士,问谁为铁笛道人?"出于唯一书撰。

(《清末民初文坛轶事》,郑逸梅著,学林出版社1987年2月初版)

## 顾悼秋打倒马褂

顾悼秋,是南社中的著名词人。他名无咎,字崧臣,号灵云,又号飞燕旧主,世居吴江黎里夏家桥。某岁,影坛女艺人殷明珠的弟弟鲁孟结婚,邀吃喜酒,我在殷家盘桓了四五天。同席有蔡观邕,能书善刻,卜居官塘,有"观塘才子"之称,和我一见如故,他是悼秋的外甥,因观邕又认识了悼秋。悼秋面似敷粉,的确是位白面书生。性嗜饮,在里中组织酒社,以量宏无敌,自称"神州酒帝",那是多么夸耀啊!后来,悼秋来上海,我和范烟桥、沈蜀痴、陆歌凤、屠守拙、张慧剑、姚苏凤、徐碧波、宋痴萍等结云社,取云踪萍合之意,并以二十八人为限,盖《后汉书》有"永平中显宗追感前世,乃图二十八将于南宫云台"之说。我们无非借此结文墨之契,收切磋之效。悼秋欣然参加,经常假座香粉弄的方壶酒家,饮女儿酒。这个酒家,是越人秦某开设的,越中习俗,女儿诞生,便酿酒置诸地窖中,及女儿婚嫁,即出酒以饷贺客,当然醇厚香烈,不同寻常,因有女儿酒之称。悼秋饮了,大为叹赏,填《洞仙歌》词,有"云在江湖一时起,正花前思发,酒底人来,消受这春软绿烟天气"等语,可是他这时已气衰病胃,饮三蕉便止了。

在旧社会,男子都穿长袍,长袍束着腰带,在家时袍外加一马夹,一称裲裆,出外应酬,则非穿马褂不可,成为一种习俗。实则所谓马夹、马褂,为骑马时所需用,平时是多馀的。尤其在清代,以赏戴花翎、钦赐黄马褂为无尚光荣,有诗咏之:"冠飘孔翠天风细,衣染鹅黄御气浓。"还有炫其裘毛的珍贵,反穿皮毛马褂的。悼秋不喜欢这一套,他写了一篇打倒马褂的小文章,很是有趣,如云:"余小时即不喜穿马褂,见之辄生厌,不自知其所以然。及长,见里中所谓缙绅先生者,率外礼貌而内败行,言必仁义,衣必马褂,俨然为君子,而孤行真意、不甘饰虚之流,多遭指斥,古人称名教中罪人,毕竟在彼在此,巨眼者当能辨之。由是知人之贤否,不尽属马褂之去取,余非敢自居于贤,然恶夫伪道者之必以马褂为准也。盖疾首而痛恨之,遂使箱筥中无马褂地位矣。或谓余曰:子居海上,人事纷杂,脱一酬应,子纵真率,谁知子者,曷置一马褂,备不时之需乎!友人代制相贻,不得已而携之客中,忽被茶役窃去。嘻!若役殆知我者,代为收藏,可供一笑,从此自誓不再有此劳什子矣。"观此可知悼秋的打倒马褂,实则是对清朝社会的不满。

(《清末民初文坛轶事》,郑逸梅著,学林出版社1987年2月初版)

# 吴湖帆精于鉴赏

吴湖帆是近几十年来在国画界具有代表性的人物。他当时与赵叔孺、吴待秋、冯超然为"海上四大家"。他与吴待秋、吴子深、冯超然,被称为"三吴一冯"。岁月流逝,这几位老画家,都先后去世,无一存在了。

吴湖帆,江苏吴县人,因为诞生在燕北,所以取名燕翼。更名万,字遹骏,又字东庄,作书画则署湖帆。这些名号,知道的人恐怕不多了。他是金石大家吴大澂的文孙。大澂为清代大吏,擅山水篆籀,著述较多,如《愙斋诗文集》、《愙斋集古录》、《古籀补》、《古玉图考》、《权衡度量考》、《恒轩吉金录》等,当时嘉惠士林,而复延泽后代,影响是很大的。大澂兄弟三人,兄大根,弟大衡。大澂原名大淳,为避清同治帝"载淳"讳,改为大澂。大根号澹人,子本善,字讷士,为湖帆的本生父。大澂子早死,以湖帆为继承,因此湖帆成为大澂的直系。他的本生父讷士，写的一手极好的行书，主持吴中草桥学舍，造就人才很多。

湖帆生于一八九四年，即清光绪甲午七月初二日，幼就读于长元吴公立第四高等小学及草桥学舍。当地环境绝胜，绕着玉带河，两岸垂柳飘拂，附近一龙池禅院，隔水钟声，更形清越。这时同学有叶绍钧、顾颉刚、王伯祥、江小鹣、颜文樑、陈子清、范烟桥、蒋吟秋、江红蕉、华吟水等，我亦肄业其间，风雨一堂，相互切磋。湖帆颇喜绘事，崇明罗树敏、樊浩霖、陈迦庵任图画教师，胡石予任国文教师。石予擅画墨梅，对湖帆也有一定的影响和启迪。湖帆喜临池，初学董香光，中年摹瘦金体，晚年得米襄阳《多景楼诗》手迹，朝夕浸淫海岳，挥洒自然，作擘窠大字，益见魄力。又学篆刻，仿吴让之、黄牧甫，但不多作。陈巨来尚藏有湖帆所刻"吴万宝藏"朱文印。范烟桥藏有"愁城侠客"闲章，烟桥在十年浩劫中含冤死，此印不知去向了。

湖帆和陈巨来具有特殊的友谊，原来巨来学刻印于嘉兴陶惕若（善乾），一九二四年，拜赵叔孺为师，经叔孺指点，巨来渐渐懂得了刻印的章法和刀法。有一天，巨来访叔孺师，见座上有人出示隋代《常丑奴墓志》，请叔孺审定，巨来始知这人是吴湖帆。叔孺见《墓志》的卷首钤有"丑簃"二字白文印，刚柔兼施，颇有功力，问是谁所刻，湖帆答以自刻。巨来对之，暗自钦佩。这时叔孺即将二人互作介绍，湖帆对巨来说："您的印神似汪尹子，我有《汪尹子印存》十二册，可供您参考。"当时巨来对汪尹子其人尚无所知，叔孺告诉他："汪尹子为清初皖派大名家，和程穆倩、巴慰祖齐名。现在湖帆既有此珍藏，你可假之一观，以扩眼界。"湖帆告辞时，便邀巨来同往其家，一观汪氏印谱。巨来看后，爱不忍释。此后治印，炉火纯青，白文又极工稳老当，主要得力于此。湖帆所用印一百数十方，其中颇多为巨来所刻。湖帆得宋黄山谷手书《太白诗草》卷，卷首句为"迢迢访仙城"，又得宋米襄阳书《多景楼诗》，有句云"迢迢溟海太鳌愁"，因请张大千画《迢迢阁图》；复出明代青田佳石，请巨来刻"迢迢阁"三字印。巨来立即奏刀，为一精心瘁力之作。湖帆家藏《十钟山房印举》大本凡三部，每部九十九册。盖山东潍县陈簠斋（介祺）藏有三代、秦汉、魏晋古玺九千馀方，夸称为"万印楼"，拓辑《十钟山房印举》，乃为小型本，拟重拓十部大本，而资力有所未逮。这时吴大澂方任湖南巡抚，即汇银三百两，资助其事。簠斋拓成十部大本后，以三部答酬大澂，并附贻小本，又专拓两面印十二册，玉印一册。壬戌年（一九二二），湖帆以大本一部售与上海商务印书馆，代价八百元。商务印书馆印《十钟山房印举》，每部售二十元，即湖帆家藏本。又一部被张鲁盦以银一千两购去。那专拓两面印，便赠给巨来。又湖帆家传古玺印四十馀方、官印五十馀方、将军印二十八方，大澂生前特别珍爱，装在乾隆紫檀匣内，湖帆全部请巨来精拓，朱墨烂然，很是夺目。湖帆画扇，巨来藏有四十五柄之多，有山水、花卉、翎毛，翎毛尤为难得。

湖帆多旁艺，雅擅填词，尝请教于当代词家朱古微、吴瞿庵。与廖恩焘、冒鹤亭、夏敬观、金兆蕃、仇述庵、吕贞白、吴眉孙、林子有、夏瞿禅、林半樱、龙榆生、郑午昌、何之硕辈结午社，刊有《午社词集》，传布海内，和春音社、着涒社相声应。湖帆集宋人词为《联珠集》，复影印《佞宋词痕》五卷，附补遗及外篇，均湖帆亲自录写成一大帙，异常古雅。湖帆藏有四种欧帖，称"四欧堂"，这四种欧帖中，除《虞恭公碑》为其家传旧物外，其馀《化度寺》《九成宫》《皇甫诞》，乃其夫人潘静淑家所藏。湖帆珍此四帖，即名其长子为孟欧，次子为述欧，长女为思欧，次女的名也有一"欧"字。解放后，湖帆便将这四种欧帖让归公家了。静淑逝世，年仅四十有八，所作词稿，名《绿草词》。湖帆因丧偶，取奉倩伤神之意，更名为倩，号倩盦，并请陈巨来为静淑刻名章，凡十馀方，钤在遗物上，以示悼念。以后，他和顾抱真结婚，抱真于《绿草词》后，题《一点春》云："避难离乡日，已经十八年。当时未晓寄身处，花满河阳烂漫天。　　绿遍池堂草，艳称如眼前。瑶琴一曲听天上，料理夫人断续弦。"湖帆为抱真作《凤栖梧》一阕云:"患难夫妻馀十载,情性相融,不是能求买。危处同忧安共快,精神饥渴如连带。　　坦率心肠无挂碍,辛苦家常,顺逆多深耐。裙布荆钗风未改,从经离乱存仪态。"足见伉俪是很相得的。可惜在十年浩劫中,湖帆冤屈谢世,抱真也受株连,被强迫劳动,一次,因疲惫仆地,又复失于医治,也含冤而死。

潘静淑比湖帆长两岁,生于一八九二年,当一九二一年,静淑虚岁三十,是年岁次辛酉,正与宋景安刻《梅花喜神谱》干支相合,这谱亦为潘氏家藏,静淑父亲潘祖同即把这谱赠送静淑作寿。湖帆为之大喜,便榜其斋舍为"梅景书屋"。书屋的收藏,海内闻名的,有唐高宗临《虞永兴千字文》、南宋杨皇后《樱桃黄鹂图》小横幅、宋梁楷《睡猿图》、宋王晋卿《巫峡清秋图》、宋赵构《千字文》、刘松年《商山四皓图》、赵松雪《杨妃簪花图》及山水三幅,继得管仲姬画竹一幅,颜为"赵管合璧"。别有松雪书《急就章册》、怀素《千字文》、郑所南画《无根兰》、吴仲圭《渔父图》、王叔明《松窗读易图》、宋人《画竹》、宋人《汉宫春色图》、黄大痴《富春山居图》残卷、杨补之《梅花卷》、倪云林《秋浦渔村图》、鲜于伯机所书《张彦享行状稿卷》、伯颜不花旧藏《朱元晦送张南轩诗卷》、沈石田《竹堂寺探梅图》、唐子畏《弄玉吹箫图》和《幽人燕坐图》、李竹懒《溪山入梦图》、马湘兰和薛素素合作《美人香草卷》、又薛素素自画的《吹箫小影》、董香光《画禅小景册》、金红鹅《美人秋思图》、恽南田《雨洗桃花图》、王石谷《六如诗意图》、吴梅村杨龙友等《画中九友册》、柳遇《王玄珠兰雪堂图卷》、钱叔美《碧浪春晓图》、改七芗《天女散花图》、吴冰仙《水墨花草卷》等。拓本方面除四欧帖及《梅花喜神谱》外，尚有《汉沙南侯获碑》、金拓《蜀先主庙碑》、隋《常丑奴墓志》、隋《董美人墓志》、怀素书《圣母帖》宋拓本、苏东坡书《西楼帖大江东去词》宋拓本、魏永平《石门铭》、魏毌丘俭《纪功刻石》、明拓孤本《七姬权厝志》、明拓四汇本《砖塔铭》、《攀古楼汉石纪存》，以及孙吴大泉《五千泉》、宋刻《淮海长短句》、纳兰容若珊瑚阁藏《玉台新咏》等等，都是珍希之品。其时吴兴庞莱臣的《虚斋藏画》，印有若干集，以有郑虔而缺郑所南为憾，见湖帆所藏郑所南《无根兰》，羡慕不置，一再求其割让。既归于庞氏，庞氏答赠以其它名画，作为交换。过了几年，湖帆高足王季迁赴美，在美某富豪家，看到郑所南这幅画，函告湖帆，湖帆为之懊丧累日。有一次，我到他家里，他谈及此画，谓虽寥寥数笔，却颇传神，稍缓当背临一幅为赠，奈彼过后忘之，未果。那《常丑奴墓志》，乃金冬心旧藏，被湖帆的外祖沈韵初所得，后归大澂，大澂授给湖帆，湖帆因号"丑簃"。及得《董美人墓志》，他携带随身，晚间入衾，说是"与美人同梦"，特镌刻"既丑且美"一印。

湖帆的吴中故居，为金俊明的旧宅。俊明字孝章，号耿庵，明季诸生，参加复社。画竹石萧疏有致，墨梅最工，载《吴县志》。这所旧宅，名"春草闲房"，距今已三四百年。梁溪孙伯亮偶于冷摊购得一玉印，镌刻高古，赫然为"春草闲房"四白文，伯亮珍藏不失。湖帆在上海嵩山路的寓所，为两幢三层楼的西式屋子，画室和卧房都在楼上，楼下空着，便赁给他的稔友许窥豹、兰台父子居住，直到他逝世，没有迁移过。斜对门便是冯超然的画寓，称为"嵩山草堂"。两人都精于画艺，桃李门墙，蔚然称盛。湖帆的外甥朱梅邨，擅画人物仕女，也住在附近。

湖帆交游甚广，对冒鹤亭、叶遐庵两前辈，敬礼有加。遐庵在沪时，经常来湖帆家。遐庵以书名，有时也画松竹，往往请湖帆添补数笔，以求苍劲。看到湖帆用的书画笔，什九不开足，遐庵辄把它濡化开来，并对湖帆说："笔毫必须放开，着纸才得酣畅，宁可大才小用，切莫小才大用。"有人赠茅龙笔一支寄遐庵，遐庵不能掌握，便转送给湖帆。抗战胜利，湖帆无端被汤恩伯软禁于锦江饭店数日，苦闷得很，幸由遐庵为之设法，才恢复自由。

湖帆的画艺，为有目所共赏。我曾为他作一小传，谈及其画，如云："挥洒任意，入化造微，绛莲翠竹，如宛洛少年，风流自赏。山水或叠嶂崇峦，而不觉其滞重；或遥岑荒汕，而不觉其寥简。烟云缥缈，虚实均饶笔墨。托兴作金碧楼台，错采镂华，极其缜丽，却一洗俗氛伧气，而别含古趣。偶临内府走兽，虬髯胡儿，控一骥足，雄迈超越，比诸韩干之照夜白与玉花骢，毋多让焉……"湖帆画以山水为多，花卉次之，画走兽较少。一次作五牛图，或仰或俯，或正或侧，线条刚柔兼施，非高手不能画。湖帆画翎毛，也是少见的。陈巨来所藏湖帆扇中，一柄以朱砂加西洋红画一绶带鸟，栖于双钩翠竹上，精丽无匹。又有荷花翠鸟幅，为幼庵所藏。幼庵尚藏有湖帆旧物，如董香光所临李北海《大照禅师碑》、柳诚悬《清净经》，仿欧阳询、褚河南《书哀册》，仿薛稷、仿怀素、仿米南宫、仿赵松雪、仿苏长公、仿蔡端明等各家书卷。湖帆有跋云："是卷初藏裴伯谦，后归吴渔川。渔翁专收董书，集其精华，数以百计。余先后获观，亦二三十品，几无一不精。是卷归慎庵方兄秘笈。方兄以金针医术负盛名，而其长兄幼庵，不但能传其术，癖好书画甚于乃翁，方兄遂授幼庵藏之。"凡此种种，都足以见湖帆的生平交谊。又湖帆与潘永瞻相熟稔，潘藏有湖帆所作辋川诗意扇，裱成册页，请黄秋甸为题，秋甸谦抑，迟迟未着笔。在十年内乱中，潘家被抄，文物荡然，这扇幸在秋甸处，得以留存，永瞻对此益加珍视。

湖帆精品，有摹画中九友笔法而成的小册页，自谓生平得意之作，后归安持精舍主人陈巨来。又为王季迁作八尺长五寸高两手卷，一仿元四家，一仿明四家，联翩着笔，一气贯之，而自成各种笔法。如仿元四家，第三段崇山峻岭，为黄鹤山樵，将及第四段时，笔乃渐疏而为平原远坡。季迁远度重洋，挟之而去。湖帆颇喜为人作图，如为钱镜塘画《小方壶图》，为冼玉清画《琅玕馆修史图》，为周炼霞画《螺川诗屋图》，为尤墨君画《塔西掷笔图》，为许窥豹画《今雨楼图》，为吴小钝画《慧因绮梦图》，为陆颂尧画《陇梅图》，为俞子才画《石湖秋泛图》，为孙鸿士画《双山游屐图》，为关颖人画《梅花香里两诗人图》，为汪旭初画《碧双栖论词图》，为冒鹤亭图画《水绘园图》，为叶遐庵画《梦忆图》，为沈寐叟画《海日楼图》，为王栩园画《小孤山图》，为吴瘿庵画《霜厓填词图》，为蔡巽堪画《梅花草堂填词图》，为杨铁夫画《桐荫勘书图》，为陆蔚亭画《秋夜读书图》。又一饶有历史意义的《秋夜草疏图》，原来辛亥革命，张季直与苏抚程雪楼，假阊门外惟盈旅馆草疏，请清帝退位，湖帆为作此图。既成，湖帆觉画太明朗，不似夜景，又重画一帧。又为我画《纸帐铜瓶室图》。以上许多作品，经过十年浩劫，大都毁掉了。某年盛夏，我执一章太炎篆书扇拂暑，至湖帆家，湖帆看到这扇一面尚属空白，便就扇头绘一绿萼梅。又有一次，他绘一红梅横幅，上题《折红梅》词一首，问我："折红梅之'折'字，您觉得有所忌讳否？"我答以"生平没有忌讳事",他就把这幅画脱手见赠。实则他也是百无禁忌的,一度他木刻书画润例单,用扁扁的仿宋字刻,他问我:"是不是类于讣告?"抗战时期和抗战胜利之后,物价经常上涨,所以润例逢到节日,往往盖上印章,节日后照例增加若干。许多笺扇庄投机取巧,动辄在节前预定单款数十百件,先付润资,等到他润例增加,笺扇庄便保住利润而比较低于润例者出让,生涯大好。湖帆乃定单款倍润,借以抵制。

湖帆画山水,以云气胜,往往展纸挥毫,先以大笔泼墨,俟稍干,用普通笔蘸淡墨略加渲染,寥寥数笔,已神完气足。一经裱拓,精神倍出,耐人玩索。他这种奇妙熟练的画技,他人学之,罕能成功。

湖帆作画,临摹较多,他曾经这样说:"学古人画,至不易,如倪云林笔法最简,寥寥数百笔,可成一帧,但临摹者,虽一二千笔,仍觉有未到处。黄鹤山樵笔法繁复,一画之成,假定为万笔,学之者不到四千笔,已觉其多。"这确是临摹的有得之言。湖帆的画,山水苍茫雄隽,泛涉各家流派。花卉腴润秀丽,仿佛南田,原因由于陆廉夫是学南田的,曾在大澂处为幕僚,湖帆早年作画,未免受些熏陶。湖帆见有破损古画,以廉价购之,他在破损处添补得毫无痕迹,交刘定之加以精裱,神采奕然。他的题跋名家作品,颇具见解,能道人所未道。丙子夏日,得唐六如《雪山会琴图》真迹,装成题之云："六如居士,赋性放逸,所作书画,都挥洒立就,与文徵明处处经营不同,且性喜画绢素,故纸本十不得一,而纸本画亦往往荒率随笔,刻意者又绝不见也。余所见,《春山伴侣图》外,此其仅存矣。"又题沈石田画云:"石田翁早年学云林,其师赵同鲁谓笔太繁。晚年参透痴翁,便不觉其繁矣。此《策蹇行吟图》,兼具倪黄二家之妙,恰到好处,不能增损一笔,宜六如、衡山北面而事之。"又题董其昌画云:"思翁神来之笔,直追痴迂。此图天机流畅,非寻常随笔可及。审其笔势,在七十岁以上所作。"又题吴渔山画云:"墨井道人,早岁专师玄照,晚年始由子久、叔明直入董巨,自成化境。道人五十岁学道澳门,六十五岁乃返上海,不复他出,其画益奇逸。此图题有'江空不遣渔郎到,落尽桃花自掩门'之句,其为归隐之作无疑。况其笔法神而化之,刚柔并济,干湿兼施,洵晚年杰构。视此则南田太轻,石谷太甜矣。"又题方兰坻画云:"乾嘉之际,石门方兰坻与钱塘奚铁生齐名画坛,但奚画每易获观,方画则十不一二。此方氏真迹,又得奚氏题词,二难并合,夫岂偶然哉!"

湖帆善于鉴赏,他生长于状元渊薮的苏州,曾动脑筋搜罗清代状元所写之扇,他的祖父大澂已蓄着状元扇若干柄,在这基础上再事扩展。清代每一新科状元,照例须写些扇面赠送亲朋。在新状元方面,只须略事挥洒,不费什么;在亲朋方面,一扇在握,却以为奇宠殊荣，视同至宝。因此，状元写扇，流传较多。湖帆满拟把有清一代每位状元的写扇，只须稍事物色，不难成为全璧。岂知实际殊不容易，往往有许多可遇而不可求的。也有些状元后人，和吴家有世谊，湖帆认为向他后人商量，一定有把握，可是扇是写给人家的，不可能写了自留，这样按图索骥，还是落空。但湖帆具有信心和毅力，千方百计地搜求，历二十年之久，才获得七十馀柄。及范烟桥主持苏州博物馆，湖帆毅然把全部捐献公家。湖帆其它的收藏，有铭文累累的周代邢钟和克鼎，那是大澂遗传下来的，名其室为"邢克山房"。金石拓片，装成二十馀巨册。案头常置着虎齿笔架，那是大澂打猎所获的。丁卯岁，湖帆在杂件中发现重三钱的黄金一方，上有阳文"秦爰"二字，不知为何物。一日，陈巨来见了，告其曾在袁寒云处目睹类似的金块三丸，其一上有"楚爰"二字。寒云对巨来说："这是战国时代的罚锾。"寒云且以"三爰庵"为斋名，可见这金块是很宝贵的。某岁，许姬传出示昌化石章，红润似山楂糕，湖帆见之，爱不释手。后来姬传求湖帆作一小幅画，送润一百金，湖帆不受，姬传即以红色昌化石为赠。湖帆又藏有两油画像，不知何人所绘，一绘其祖父吴大澂，一绘邓世昌，两人皆为甲午战役参加者，神情毕肖，动人心目。湖帆又藏有二楹联，联语一用笔画最少之字，少至无可再少为止；一用笔画最繁之字，繁至无可再繁为止。相形之下，别有情趣，惜我失忆书者姓名并其联语。又海上书家沈尹默，高度近视，人以为他不能作擘窠书，但沈却写赠湖帆一丈二尺的大对联，在沈书中为仅见。湖帆收藏五花八门，琳琅满目，家中简直像个长期开放的文物展览会。

湖帆的鉴赏力高人一等，古今画幅，均能立判真伪，且能说明其人作画的时期；又能指出其画是谁画的山头，谁补的云树、小汀；某明代画是清人的伪品，某元人伪画是明人所作。所下断语，百无一失。抗战胜利后运往伦敦国际艺展的故宫旧藏，先在上海预展，聘湖帆为审查委员。经他鉴定，才知大内之物，真伪参杂。全国美术展览会、上海文献展览会、苏州文献展览会，都请他审查。他对作品的审查，结论精确，令人佩服。我曾问他鉴定真伪是否以笔墨、纸缣、题款、印章为标准，他说："这些方面，当然是不可忽视的要点。但善于作伪者，都有蒙混之法，一经幻弄，往往碱砆乱玉。我的着眼点，偏在人们不注意的细小处，因为作伪能手，章法布局，运笔设色，都能摹仿得一模一样，惟有细小处，如点苔布草、分条缀叶，以及坡斜水曲等，作伪者势必不能面面顾到，笔笔留神，我便从此打开缺口，找出岔子，真伪便不难辨别了。"

湖帆刊印了若干种书册，除上面提到的《联珠集》《佞宋词痕》、《绿遍池塘草题咏集》、《梅景书屋画集》外，又印《梅景画集》第二册,《梅景书屋印选》,还为其先伯祖大根刊《澹人自怡草》,为其先祖大澂刊《愙斋诗存》及《吴氏书画集》,这是他和夫人潘静淑共同校订的。夫妇共同鉴定所蓄金石书画,共一千四百件,都撰识录。謇叟王佩诤誉之为"合归来堂鸥波馆寒山千尺雪于一冶"。大澂别署愙斋,是因藏有宋微子鼎,下有"为周愙之文",便作《愙斋歌》。是鼎不幸于离乱中失掉,经过数十年,出现于天津柯氏家。湖帆斥了高价向柯氏赎回,拓了鼎文,分送戚好。解放后,归苏南文管会保存。

湖帆六十周岁时,和梅兰芳、周信芳、汪亚尘、郑午昌、范烟桥、李祖夔、杨清磬等同龄二十人,结成"甲午同庚会",宴于沪市魏氏园,共饮千岁酒,制有纪念章,图纹为千里马,因午年是属马的。午昌生日最早,称为"马头";清磬生日最迟,称为"马尾"。当时大家兴高采烈,欢聚一堂,现在这二十位寿翁,已没有几人在世了。

湖帆死得很苦,中风了两次,继患胆石症,在华东医院施行手术,取出胆石一块。晚年忽而喉道梗塞,不能饮食,又施手术,通管导纳,从此喑不能言,偃蹇床榻,痛苦殊常。我去慰问他,他屈着大拇指以示向我致谢。接着,十年浩劫开始,他的所有书画文物,所有物资,被掠一空,他愤极,拔去导管而饿死。时为一九六八年七月十八日,年七十有四。一代大画家就这样离开了人世。

(《清末民初文坛轶事》,郑逸梅著,学林出版社1987年2月初版)

# 孙伯南桃李遍吴中

凡到过苏州的，都知道有个怡园；凡谈书画的，都知道有个过云楼。那怡园和过云楼，均属于顾氏鹤逸所有。怡园为顾氏游憩之地，过云楼为顾氏燕居之所，而一在护龙街，一在铁瓶巷，屋宇深邃，门径环回，两处是相通的，可谓一而二、二而一了。

我幼年读书苏州草桥学舍，同学有顾梦良、顾公雄，他们辈份虽为叔侄，而是年相若、学相等的。这两位都是怡园、过云楼的小主人，我经常到过云楼访他们闲谈。这时厅堂侧厢，那位经学大师孙伯南设绛帐其间，如顾荣木、顾季文、潘景郑、俞调梅、顾翼东、张问清、汪葆濬等，均沐其教泽。因此我也经常晤见那位伯南老人，他体硕容苍，善气迎人，这个印象给我很深。

伯南老人，名宗弼，号式甫，又号伯组，生于同治七年十月二十三日，卒于民二十三年正月初六日，享寿六十有六。他家世在吴中，诗书递传，以启迪后学为己任，因此老人毕生精力瘁于教育事业。清光绪年间，吴郁生、叶鞠裳、江建霞诸乡先辈为学政时，他充阅卷房官。及科举废，兴学校，他应聘存古学堂，曹叔彦为经学总教，叶鞠裳为史地总教，他也佐叔彦教经学。此后授教公立中学，一时莘莘学子，如叶圣陶、顾颉刚、王伯祥、吴旭丹等，均出其门下。其它又掌教苏州振华女学、江苏女子师范学校及上海浦东中学等，桃李门墙，蔚然称盛。

他每天上午任学校课务，下午设馆顾家。其时主人顾鹤逸为画苑祭酒，所作山水，尺幅寸缣，得者视同拱璧，所有画端题识，往往请他代笔，隽雅简洁，自然得体，丹青价值，借此益增。他教学生诵读《五经》及《纲鉴易知录》，此外还读些近代古文，又复吟诵唐诗来调剂精神。他讲解课文，绘形绘声，淋漓尽致，几如明代柳敬亭的说书，使学生乐而忘倦。课馀，或带学生到怡园去读楹联，这些都是顾氏上代顾子山所集的宋人词句，妙造自然，天衣无缝，他一面读，一面解释，学生被他吸引住了。有时师生同往护龙街，逛旧书铺，此处为吴中旧书集中所在，铺主大都和伯南相识，可任意翻阅。这样，学生由于涉猎典籍，对版本目录得初步了解。他这教导方法，循循善诱，生气蓬勃，从兴趣中增进知识，学生莫不深得其益。他对于学生作文，非常重视，往往批了教学生改写，改写了又批,批了又改写,直至他惬意为止。所以一次作文,学生务必几易其稿,他老人家一批再批三批,也不厌其烦。

他不但于经史造诣深弘,而且旁通金石之学。当他出任阅卷房官时,足迹遍及云、贵、川、甘诸省,每到一处,不辞跋涉,搜访断碑残碣,加以墨拓,因此收藏极富。故在过云楼书室中,四壁挂满不同时代、不同书体的黑白碑帖,让学生观摹比较,使他们眼界大开。他又精于书法,篆则师《散氏盘》,楷则学《魏灵藏》《杨大眼》等。时常有人请他写楹联,写时拉纸的任务,当然弟子服其劳,而学生们亦乐意接受,因借此可以提高书法素养,增进书法知识。他又边写边讲,谓:"写字应当注意全面布局,一气呵成,字形狭者扁之,短者长之,变化万端,而间架结构,也不一定按照成法。"有一次,写一"人"字,竟先由右捺而后左撇,全凭气势为之。他又谓:"临一本帖,学一种体,必须再学一本帖、一种体,以神化之,所以读书贵专,学书贵博。学篆则字义明,学草则落笔速,个中三昧,尽在于此。"所以他把《说文》作为学生必修之课。(伯南父传凤,著有《说文古本考补》)

伯南老人不仅诲人不倦,而行谊也令人钦敬。他的族人某,嗜赌成癖,归必深夜,其妻颇以为忧,可是屡劝不听,乃诉诸伯南。伯南便夜往其家,守候某归,为之启户煮茗,且脱己衣而代披,说:

"夜深了，别中了寒气。"某为之不安。次日晚继续侍候，某感愧交并，从此力矫其行。又，他的一个朋友因病不能返里，他迎诸家中，为之调汤进药。他鳏居无内助，家中又乏仆役，凡洗涤垢秽，事必躬亲，直至友人病痊始止。他居卫道观前街，每日到馆，常安步当车，途中见有乞食者，必探囊施济，故他虽不雇车代步，以示节俭，结果所费实倍蓰于车资。某冬，他新制一件羊皮袍子，途遇一族叔，见其敝衣瑟缩，他怕其不胜寒，慨然解裘相赠。又，金松岑文集中《苏州五奇人》之一的沈绥成，著述很多，及死未刊，他为之整辑，顾公雄斥资付诸梨枣。他自己的作品却没有留存，日记也都散失，甚为可惜。

伯南的同怀弟宗干，字树人，一作孺忱，别号风木老人，工书，朱古微侍郎为订润例。晚年喜作篆，这时日寇肆暴，东南诸省沦陷，有腼颜事仇，以图目前的利禄，如此不乏其人。孺忱引以为耻，思有以励世振俗，于是发誓以篆书写文信国《正气歌》一万本，播诸乡邦。萧退庵题其书幅云："老友孙孺忱，于《正气歌》屡书不一书，读者如能百回传诵，则平旦之气，如草木之再荣，如冻雷之忽奋，炎黄之绪，绝续之机，于是觇之耳！"孺忱与伯南友爱甚笃，孺忱多病，缠绵床榻若干年，支持门户，惟伯南是赖。一日，伯南将远行，给孺忱医药之资，孺忱知伯南川资且不敷，坚决不受，伯南固请,非受不可,相与哭泣,闾里之乖骨肉而阋墙的,为之感动。

叶圣陶之妹与江红蕉为偶,即由伯南介绍,在吴中举行结婚典礼。我去道贺,又和伯南把晤,此为最后一面,当时是不及料的。

(《清末民初文坛轶事》,郑逸梅著,学林出版社1987年2月初版)

## 吴双热的诙谐

谈到鸳鸯蝴蝶派,仅仅是一个流派而已,是没有组织的。其中主要人物,一为著《玉梨魂》的徐枕亚,一为著《孽冤镜》及《兰娘哀史》的吴双热,都是江苏常熟人,既同乡又复同学,二人又结金兰契,同在上海《民权报》担任编辑工作。《民权报》以反对袁世凯帝制,口诛笔伐,非常激烈,结果被袁禁止。他们两人又同辑《小说丛报》,关系是很密切的。双热名光熊,字渭渔,后名恤,把"恤"字拆开,而取热心热血之意,才有双热的别署。他曾从罗振玉。他这部《孽冤镜》,是和《玉梨魂》相间登载《民权报》附刊上,主旨是攻击旧礼教,书中主人都是在婚姻不自由中牺牲者,在当时来说,有其进步性的一面。且笔墨风华,极雕镂组绣之能事,吸引了一般读者。《孽冤镜》登毕,由民权出版社刊成单行本,分二十四章,如游春、逅艳、问津、旧恨、鳏居、读画、语冰、登楼、证盟、酒意、违面、侦探、恶耗、吊影、设谋、传书、发秘、鼠窃、楼空、惨剧、再误、憔悴、末日、尾声。书中主人为王可青与薛环娘,而双热亦为局中人。民五之际,上海民鸣社且编为新剧,演诸红氍毹上,郑正秋饰王可青,凌怜影饰薛环娘,顾无为饰双热。双热亦前往观赏,于是重提撰兴,著《孽冤镜别录》,分上下二册,可是只出了上册,而下册以他故中止。我和赵眠云合辑《消闲月刊》,双热愿把《别录》全稿供《月刊》披露,奈《月刊》书促,未能实行,这书遂为残编断简,这是很可惜的。他写小说,有时署名一寒,和双热为偶。其它单行本,有《断肠花》《花开花落》《蘸着些儿麻上来》《香国春秋》、《一〇八》《无边风月传》《快活夫妻》《鹃娘香史》。又《燕语》,借梁上燕子,一年一度来巢,从燕子眼中看到这家主人,由豪华而衰落,揭出他症结所在,成为一部社会小说,设想是很奇突的。其时一些笔墨朋友,喜把杂散之稿汇结成集,如徐天啸有《天啸残墨》,徐枕亚有《枕亚浪墨》,闻野鹤有《野鹤零墨》,刘铁冷有《铁冷碎墨》,姚鹓雏与朱鸳雏合刊《二雏馀墨》。双热亦刊《双热嚼墨》,后来他应广州《大同日报》之聘,又搜罗了那时发表的稿,为《双热新嚼墨》。

双热玩世不恭,行文以诙谐出之。同邑某富翁,蓄一牝猫,爱护异常,因毛色纯白,称之为"雪娘",和翁同卧起。一夕,猫被翁于睡梦中压死,翁很痛惜,累土为墓,用埋雪娘。双热闻之,戏拟墓志:"呜呼!此猫小姐雪娘之墓也。猫小姐素活泼,平生计捕沿壁小鼠三次,盲鼠一次,病鼠一次,窃食鱼肉无量数,貌益丰矣,而死于非命,呜呼痛哉!"他一度参广州《大同日报》笔政,同事某剃须摄影,居然翩翩年少,请他题一诗在照片上,他援笔成打油诗一绝:"有须哪及无须好,有须形老无须俏。快快回乡讨老婆,广东不要外江佬。"同事某为之失笑。双热曾摄一照寄给我,照片后书:"可憎面目,益复痴肥。"这时他年四十三岁,此照片虽经浩劫,幸尚留存。

双热诗录示较多,惜已散失,只忆其《黄天荡忆梁夫人》云:"儿女英雄肯主和,勤王有志问如何?船栊窥敌胆何壮,鼙鼓令军手自挝。慧眼看低金兀术,纤腰扶起宋山河。战功坐失黄天荡,巾帼须眉遗憾多。"我更赏识五、六二句。

双热晚年,弃其笔墨生涯,执教鞭于南京正谊中学,月必返常熟一次,体素健好,不料偶而一病,遂致不起。他生平不佞佛,临卒,忽宣佛号,家人引以为奇。他的儿子名小热,举行婚礼,我以谐诗为贺,标题为"小热昏",俗以演滑稽信口胡说为"小热昏","昏"与"婚"古通。

(《清末民初文坛轶事》,郑逸梅著,学林出版社1987年2月初版)

# 范烟桥考证姜白石《过垂虹桥》诗

宋诗人姜白石,存诗不多,但那首《过垂虹桥》,却脍炙人口:"自喜新词韵最娇,小红低唱我吹箫。曲终过尽松陵路,回首烟波十四桥。"松陵是吴江的别名,范烟桥是吴江同里镇人,距那儿不远,情况是很熟悉的,他取名烟桥,即根据白石的诗意。烟桥对此有所考证。当范石湖(成大)息隐在家,姜白石去访他,石湖有一侍儿小红,善度曲,石湖因请白石制曲,俾得当场演唱,以尽杯酒之欢。白石很敏捷,即席成《暗香》和《疏影》二阕,小红试唱,音节清婉,悦耳怡情。石湖欣喜之下,就把小红送给白石,白石归过垂虹桥,诗兴大发,口占了这一首诗。按《吴江县志》说,宋初这桥是用木板架成的,名利往桥,后来换了石块,建亭其上,名垂虹桥。有桥洞七十二,吴江人称为长桥,所谓"十四桥",那是"第四桥"之误。烟桥曾看到一帧姜诗的拓片,明明是"第四桥"。即白石的《点绛唇》词,也是"第四桥边,拟共天随住"。同时李广翁的《摸鱼儿》词:"又西风四桥疏柳,惊蝉相对秋语。"罗子远的《柳梢青》词:"初三夜月,第四桥春。"可见第四桥被后人误为十四桥,这好比张继的寒山寺诗"月落乌啼霜满天,江枫渔火对愁眠","江枫"是"江村"之误。俞曲园写寒山寺碑,碑阴便作了识语。考《县志》,第四桥为甘泉桥,甘泉桥在运河边,吴江与八测之间,倘然小桥不算,从垂虹桥数到甘泉桥,恰是第四条。当时自号垂虹亭长的陈佩忍(巢南)有一诗:"第四桥边水最清,一瓢贮就好长行。何当写幅倪迂画,寄我江湖万里情。"这也是个旁证。据说,第四桥下的水,最清洌,所以有甘泉之称。至于这首《过垂虹桥》诗的第一句,有作"自喜新词韵最娇",也有把"自喜"改为"自谱",又有改为"自作",这没有多大出入,也就算了。

烟桥也喜自琢新词,给人播唱。当时的电影剧,初由默片转为声片,每片必须插着几支唱词。尤其女明星周璇,是有名的金嗓子,她主演的影剧,所需唱词更多,都由烟桥担任下来。他参酌传统的昆曲,用长短句,协平仄韵,推陈出新,动听悦耳,经周璇运腔使调,遏云绕梁地唱着,不知吸引了多少影迷。尤其《西厢记》搬上银幕,烟桥编撰了《拷红》一曲,竟似王之涣的黄河远上,遍唱旗亭,这是他很得意的。他写小说,有一次,写了篇《离鸾记》,叙述一个被遗弃的可怜女子,写来委宛曲折,哀感动人,一经刊载,却有人写信来,询问那可怜女子的住址,愿加以援助,岂知这是虚构的故事,其人是子虚乌有的。烟桥认为写作,获得读者的感应,也很为得意。他因此又应聘编起电影剧本《无花果》来,也得到社会的好评。有人说,《无花果》是阿英改编而成的,其实不然,阿英仅为了其中女演员陈琦的戏还不够多,要求烟桥增加一些,烟桥就略略改动一下罢了。

烟桥的作品很多,有《吴宫花草》、《花蕊夫人》、《孤掌惊鸣记》、《齐东新语》、《中国小说史》、《别有世界》、《新儒林外史》、《新朝过渡录》、《敝帚集》、《孤岛三年记》、《鸥夷室杂缀》、《北行杂诗》、《民国旧派小说史略》、《茶烟歇》、《三十年文坛交游录》、《太平天国弹词》、《玉交柯弹词》等,凡数十种。

贵池刘公鲁,寓居吴下,家富收藏,尤以古宫灯四具为最著名,每逢正月十五日,辄邀客玩赏。烟桥和公鲁有旧,曾作《元夜观灯记》。我和公鲁亦相识,始终未往一观,深羡烟桥眼福不浅。兹录其《观灯记》片段,借以慰情:"客毕至,入席欢饮,饮罢,主人出楠木匣四。一贮建昭雁足灯,公鲁谓为新发现,历来藏家未加注意,足趾间隶书二曰'宣卧',灯下隶书二曰'东下',不知何义,意者出于当时宦者之手,记其置处也。一贮黄山第四灯,与雁足灯同其制,惟雁足之盘,中心尚有一小圈,黄山则无之。一贮汲绍家行灯,有盖可掀,反仰适以插烛,而中空之腹,用以贮油置灯芯,可两用也。一贮永建吉羊灯,其制又同于行灯,为羊状,仰羊头使反,亦可插烛也。四灯皆古气磅礴,而题识以雁足为最多。"公鲁于抗战时,日寇至其寓,抄掠文物,受惊死,古宫灯不知下落了。

(《清末民初文坛轶事》,郑逸梅著,学林出版社1987年2月初版)

## 徐碧波追慕银箫遗韵

星社为民初文学集团之一,社友多一时才俊。年事较高的,有著《念萱室随笔》的许月旦,著《拄伴室杂缀》的许息庵,著《爱晚轩诗存》的朱枫隐,著《众醉独醒》的程瞻庐,及《申报》总主笔孙东吴。其他大都为少壮派。少壮派中的徐碧波,今尚健在,可是发秃颜苍,垂垂老矣。碧波名广焰,字芝房,家居吴中慕家花园,这是清初慕天颜的故址。天颜字拱极,官江苏巡抚,筑此为菟裘之计,历年久,废圮荒败,无复旧时规模了。碧波喜撰小品文,第一篇作品,刊于《新闻报》的附刊《快活林》,以兰宇为笔名,其时他只十五岁,可谓早慧。此后他看到李涵秋的《侠凤奇缘》说部,中有七律一首,结句为"碧波何处着神仙",觉得"碧波"两字很可喜,便以它为笔名,一直沿用至今。接着他在《申报》附刊《自由谈》上,断断续续发表小笔记,其中的《英灵记》,是追悼一位为革命而牺牲的志士;《避难记》,痛斥军阀的祸国殃民,为被害者作呼吁。凡四十篇,结集印行,标名《流水》,姚鹓雏有诗赠之:"廿年万事成流水,何止区区碎后琴。却喜朱生增慰藉,成连海上有馀音。"原来碧波心折银箫旧主朱鸳雏,鸳雏籍隶南社,以唐宋诗之争,触迕了柳亚子,脱离社籍,抑郁不得志,短命早逝。朱文宗林畏庐,别具绵藐纡回、聘秘抽妍之致,碧波力事追慕,得其神似。鹓雏曾和鸳雏合刊《二雏馀墨》,鸳雏固私淑鹓雏者。所有小记,更早刊载于《申报》附刊《自由谈》。时周瘦鹃主持笔政,某次,瘦鹃出游,《自由谈》委钱释云暂时代庖,释云偶于废纸堆中,发现鸳雏未刊遗稿《善堂惊梦》,录副示碧波,碧波辑《波光》小刊物,全文刊载,并制版印入鸳雏书札,那是鸳雏和我通讯,碧波向我索取的。当鸳雏逝世,身后萧条,某报社为之征求赙金,以济遗孤。碧波仅慕鸳雏之文,未识鸳雏之面,且这时彼正失业,生活艰困,见报,竟倾囊二十金,立汇报社。在目前来说,二十金为戋戋之数,在当时也属一个整数。此后碧波创刊《东海》杂志,所载的都是徐姓的作品,如徐訏公、徐枕亚、徐卓呆、徐哲身等,奈范畴太窄,集稿不易,仅出一期即止。

碧波为了生活,移家海上,供职友联影片公司。适"五卅惨案"发生,友联徐琴芳等,冒险摄了现场纪录片,碧波为之整辑,并制字幕,名《五卅沪潮》,帝国主义的肆暴,留此铁证。又编《儿女英雄》《虞美人》诸剧,映诸银幕。此后有六合公司,为明星、上海、神州、友联、大中华等公司的联营组织,他和周剑云、管际安、汪煦昌等为代表理事。又和沈诰合编《电影月刊》,图文并茂,风行一时。

一九三一年,上海各界人士支援马占山将军抗日,他响应《生活周刊》募款义举。这时写稿的作家纷纷把稿费全部捐献,充抗战之需。又大家购置了御寒服装,转给市商会汇送前线,他不辞劳瘁,做了许多工作。当时有数十名热血青年,麕集火车站,发愿参加抗日队伍,赴前线效命,送行者不计其数,比诸荆轲易水,尤为壮烈。碧波也在其列,由黄警顽为代表,致送行词,慷慨激昂,群情愤忾。他于队伍间发现漫画家黄文农之弟,光着头,亦在队伍中,时霜风飒戾,吹面生寒,碧波立把自己所戴的暖帽,加诸其首。

上海沦为孤岛之后,颇多机构被敌伪掌握,他立即脱离电影界,从事教育工作,和我同事一校。这时物价飞腾,教薪跟不上物价。校方为了补助教师的生活费用,不得已,向学生家长作庚癸之呼,成立游艺会。碧波编了一个四幕剧《第九天》,借了舞台公演,连演三天,居然卖座很盛。讵意是校有个日文教师,属于良中之莠,暗暗献媚敌伪,推荐碧波可为彼方编宣传"大东亚"剧本,可是碧波坚持爱国立场,不受诱骗,不畏威胁,拒绝为日本帝国主义编剧本,这在当时是很可贵的。这里有个小插曲,他在编导《第九天》时,一个学生梁廷铎,是个小戏迷,乘此机会,做自荐的毛遂,请求在这剧中充当一角色,给他过过戏瘾,而有志竟成,得以偿愿。如今事隔四十多年,而那时的临时小演员,已成为今天上海电影制片厂的名导演,如《夜明珠》和《蓝色的闪光》,就是梁廷铎导演的。

碧波的写作,始终不懈,除《流水》外,尚刊行了《粉红莲》、《青春之火》、《四代女性》等说部,以及《简易学诗法》、《初高级论说文范》;又和程小青合编了一个杂志《橄榄》,出了五期。他幼时读书光福小学,迄今犹藏有他读书时的默写簿,保存数十年,是很难得的。

(《清末民初文坛轶事》,郑逸梅著,学林出版社1987年2月初版)

# 吴中古墓志

庆忌墓　庆忌，吴王僚之子，墓在齐门外，有庆忌庙。

顾雍墓　吴丞相顾雍，墓在穹窿山坞。

阖闾墓　吴王阖闾，墓在虎邱剑池下。池广六十步，水深丈五尺，铜椁三重，墓地六尺，鱼肠之剑在焉。

吴王僚墓　吴王僚，为专诸所刺死，墓在崟崿山西，思益寺旁。

朱桓墓　三国时侍中朱桓，墓在横山，今有朱墩村。

孙武墓　孙武，春秋时齐人，善用兵，墓在古平门西北二里。

冯煖墓　煖，战国时孟尝君之食客，墓在弹铗巷，即煖所居，死葬其地。唐时墓碣犹存。

专诸墓　专诸藏匕首于鱼腹，献于王僚，突出匕首刺之，诸即为王左右所杀。其墓相传在盘门伍大夫庙侧。

要离墓　阖闾既弑王僚，又使要离刺庆忌。要离诈负罪出奔，使吴戮其妻子，而见庆忌于卫，与之俱渡江，至吴地，出不意，刺中其要害。其墓相传在梵门桥西马婆墩。清道光间，得石碣，刻有"古要离墓"四字。侧有梁鸿墓。

夫差墓　夫差，阖闾子，墓在城西北四十里徐侯山。

废帝墓　晋废帝墓，在黄山。清光绪间，土人发见隧道古砖，好事者争购之。

何充墓　晋司空何充，墓在崿峰山东一里。

真娘墓　真娘，吴国之佳丽也，丰于才，家故贫，父母复相继亡，遂陷入平康。顾守身如玉，不轻见客。客有强以非礼者，即投缳死。客悲其志，为营葬于虎邱。行客才子，多题诗墓上。有举子谭铢作诗一绝，其后人稍稍息笔。

孙坚墓　孙坚、吴夫人暨子策，墓俱在古蛇门外，其地为吴宫故址。

范隋墓　唐丽水县丞范隋，文正公之高祖也，墓在天平山。

范氏三太师墓　三太师者，乃文正三代，赠太师徐国公范梦龄、唐国公范赞时、周国公范墉也，墓在天平山三让原。

钱王墓　吴越广陵王钱元璙，墓在九龙坞水潭堰上。嘉庆十六年，宗孙钱樾等补碣"吴越广陵王墓"六大字。

韩世忠墓　宋韩蕲王墓在灵岩山西麓,有神道碑,高二丈二尺五寸,连龟趺高三丈馀,孝宗为题额曰"中兴佐命定国元勋之碑"。葬于绍兴二十一年十月。

石驸马墓　哲宗女陈国长公主、驸马都尉石端礼,合葬黄山。

寿圣公主墓　宋高宗南渡,妹寿圣公主薨,葬狮山旁,因更名思益寺为思忆寺。

赵正惠公墓　宋宗室赵希怿,墓在穹窿山坞唐冈,俗称赵王墓者是也。别有兵部职方郎中赵公墓,近太平乡庙者,乃其后裔。

朱乐圃墓　宋朱长文,在灵岩山东麓,或谓在至德乡支硎山南峰,徐筠作《朱长文墓辨》甚详。

范成大墓　石湖居士,诗与陆放翁、杨万里齐名,墓在天平山南乡。

步骘墓　吴骠骑将军步骘,代陆逊为丞相。墓在县东北三里。

周瑜墓　吴周公瑾,墓在县东二里。

朱梁墓　汉吴郡太守朱梁,墓在娄门东南二里。梁本名肇,避后汉和帝讳,改为梁。

顾野王墓　陈武帝门下侍郎顾野王,墓在横山东。

澹台灭明墓　孔子弟子澹台灭明,宅于吴县东南十里。宅陷为澹台湖,湖侧有墓。

陆云墓　晋门下侍郎陆云,墓在吴县西南六十里横山。

陆玩墓　晋司空陆玩,葬吴县西北三十里鸡笼山。子纳,字祖言,为吴兴守,亦葬此山。

太宰嚭墓　吴太宰嚭,葬吴县西二十里昇狧山。

幼玉墓　幼玉,夫差小女也,见父无道,轻士重色,其国必危,遂愿与书生韩重为偶,不果,结怨而死。夫差思痛之,金棺铜椁,葬阊门外。其女化形而歌曰:"南山有鸟,北山张罗。鸟既高飞,罗当奈何。志欲从君,谗言孔多。悲怨成疾,没身黄波。"

唐子畏墓　明唐寅,文章丰采,照映江左,画尤称神品。墓在横塘王家村。明末虞山毛子晋重修。清嘉庆中,知府唐仲冕复封识其墓,纪以诗云:"兰若旧题藏后碣,菰芦雅称梦中身。横塘十里秋声馆,合与茅园一例春。"

文徵明墓　明文待诏,墓在虎邱花泾。父温州知府林,墓在梅湾凤翔冈。

张士诚墓　张士诚据吴中,称吴王。墓在城东斜塘。其母太妃曹氏,墓在盘门外吴门桥南半里,俗称娘娘墓。吴荫培诗云:"淮张宫址无人问,抔土千秋识太妃。玉匣珠襦渺何处,吴门桥畔路依稀。"

妙严墓　妙严公主,梁武帝女,下嫁郡人孙场。梁亡,陈高祖以先朝公主,赐宫人十以优礼之。卒,葬间邱坊巷。曩年喧传灵迹,旋被有司所禁。

倪士义墓　明崇祯十四年,长洲倪士义被诬冤死,妻杨氏不食七日死,事闻于朝,敕赐"鸳鸯"二字,合葬虎邱,称鸳鸯冢。年久湮没,兹由吴荫培重加修治,有联云:"身膏白刃风犹烈,骨葬青山土亦香。"

五人墓　五人者,明天启时颜佩韦、杨念如、马杰、沈扬、周文元是也。苏府周顺昌以不阿魏阉忠贤,阉怒捕之,苏民数万,为周请命。缇骑呼斥,众不能堪,遂击杀之,乘势逐魏之私人苏抚毛一鹭,毛匿于涸藩得免。事后,毛以苏民造反诉于朝,五人遂挺身就逮,死时犹谈笑自若也。怀宗即位,以山塘魏之生祠改葬五人,墓门前立一碑,曰"五人之墓"。

孔墉墓　明孔侍郎,墓在九龙坞。

吴文定公墓　明吴宽官吏部尚书,墓在花园山。

滕忠愍公墓　洪武初,滕德懋为户部尚书,以苏赋最重,量减十万论斩。后悉其冤,赐葬黄山。

徐文敏公墓　明徐缙,世宗朝官吏部尚书,墓在灵岩山前。

徐忠纯公墓　明光禄卿徐如珂,墓在西跨塘,立有华表。

施御史衣冠墓　明施之炳,崇祯间,官川西道监军御史,张献忠犯蜀,御贼殉难。义仆朱清归报家人,以其衣冠葬清流山北峰坞。

金圣叹墓　圣叹,狂傲有奇迹,清初以抗粮哭庙案被诛,墓在五峰山下博士坞。

黄向坚墓　清孝子黄向坚,墓在枫桥寒山寺后,断碣犹存。

慕天颜墓　清江苏巡抚慕天颜,墓在穹窿山麓,墓门前有万民留葬坊。

宋骏业墓　清大学士宋德宜次子,官兵部侍郎,墓在穹窿山。

彭绩墓　清处士彭绩,墓在九龙坞。

钱湘舲墓　钱棨,嘉庆初督学云南。葬在香山。

毕沅墓　两湖总督毕沅,墓在上沙,有神道碑,即明瑟园故址,附近有征士陈奂墓。

缪曰藻墓　清编修缪曰藻,墓在皋峰山木竹冈。

张尔温墓　文学张尔温,墓在香山小晏岭下,东麓有韩补瓢墓。

蔡来信墓　雍正时孝子蔡来信,墓在灵岩山陆家村。

金拱辰墓　孝子金拱辰,墓在尧峰山胡巷。

吴时济墓　孝子吴时济,墓在福寿山荡头村。

朱之励墓　孝子朱之励,墓在胥口塘南,俗误以为朱买臣墓。

程宗海墓　孝子程宗海,墓在西跨塘桥南。又沈西雍,官福建道,著述甚富,亦葬西跨塘桥南。

顾广圻墓　文学顾广圻,墓在一云山东麓神台墩下。

冯桂芬墓　冯桂芬,墓在北竹坞。

张永夫墓　诗人张永夫,家贫卖卜,一介不苟取。及卒,友人为之营葬灵岩山阳,后二十年有再来人奇事,故土人咸呼曰"再来坟"。

(《紫罗兰》第4卷第8号,1929年11月出版)

# 吴中古木志

皋桥西,明唐寅读书处,有古梓树一株,其大合抱,树本犹存。

湖田青莲庵内,有古桂甚大。又东虹桥云隐庵内,亦有古桂,皆宋人手植。

桃李园在南濠谈家巷兴隆桥,明某贵人葬此,不敢起屋,仅存一场,尚有古树一株。

玉蝶梅,在崚村大梅庵,一在寒山法螺庵,并宋人所植。

葑门内浮墩,有双松,为宋物。建炎兵欲伐之,忽陨石如雨,乃止。

虎邱寺内古杉,晋王珉手植。山门古柏六株,明常遇春所植。又后山玉兰,本大而高,宋朱劭手植。雌雄树,在真娘墓上,交歧古挺,树桠生树,唐初故物。

打结柏树,在北禅寺西,元僧馀泽手植。

城东酒仙堂,有红豆树一株,宋白鸽禅师手植。

九龙树,在琵琶桥,唐人所植。

娑箩树,在集福庵内,宋人手植。一在马医科申文定公祠内,叶如榆,七叶并生。

古紫藤,在横金寂照园,又在元墓山司徒庙外,并宋人手植。

金钱松,在百家巷内松隐庵,元人植。

晋朝大银杏,在半塘寺天王殿东,大可十抱,竺道生所植。

普福寺后,银杏二株,皆十馀抱,晋时旧物。

宫巷元坛庙内,有古柏形如鹤,宋人手植。

柏树弄,在北濠西,有古柏枯而不朽,元时物。一在砂皮巷内吴氏宅内,明初人植。

东花桥巷山茶树,元人植。

潘儒巷任昉庙,庭中有宋时紫荆树,枝叶能疗目疾。

唯亭中市延福寺内,有汉时银杏。

阳山觉海寺古桂,大可五抱,宋初人植。

支硎山古松三十六株,晋支遁手植。明万历三十二年,土人伐以充赋,赵宧光出资止之,今仅留十八株。

冶坊浜古松七株,唐人手植。

洞庭翠峰寺古松二株,宋初物。明正德间,僧伐以偿征徭,王文恪公鏊有《悯松序》。

葑门外晋侍中顾元公荣墓,有晋时银杏二株,傍有二阜,上有古桐,名双梧墩。

九槐村,在娄门塘。南唐时物,今存二株。

古松,在东岳殿前。又有银杏二树,宋初物。

古柏,在神洲殿,宋初物。

明蒋忠烈公宅,在娄门接待寺东,有玉兰堂,庭植玉兰五株,甚古。

清奇古怪四大古柏,在元墓汉司徒冯异庙,晋时物。一株直挺而青葱;一株干木皆作螺旋;一株皮秃,中裂分两株而竞茂;一株中折,坠地复挺而荣。

光福南街门邓将军庙,有古柏一。

梁朝罗汉松,在西山攒云岭福源寺内。

(《联益之友》第160期,1930年9月出版,署名纸帐铜瓶室主)

# 昆山石

昆山一名马鞍山,取其形似也。山后厓洞间,产石绝玲珑,极皱曲穴窍之妙,配以檀木之架,可作案头清供。石以纯白者为上,黄而挟沙质者为下。每座之值,低者十馀金,高至数百金不等。据云,采石必于晚间为之,不能携灯火,盖山石采伐,素悬为例禁者也。厓洞中暗黑润湿,多蛇虫恶物,宗教家所称之地狱,仿佛似之。且愈深愈艰阻难行,人所不能至者,或有佳石之留遗。若平易畅豁之处,则多取运以尽,罕有所获矣。前有某石工,冒毒犯险以为之,黄昏入洞,平明未出,侪辈疑焉。有自告奋勇者,入而探索,得其尸,负之出,则肢胲已残缺不完,且肤色红肿,知厓洞深处,蛰伏食人之毒虫,从此入洞采石者,相率有戒心,不敢轻身以涉险。而石之秀巇异特者,亦绝鲜发见。有米南宫癖者,无不深为怅望云。

(《孤芳集》,郑逸梅著,上海益新书社1932年8月初版)

# 记寒碧山庄之济颠石

吾苏寒碧山庄,名胜动东南,即一草一木之微,莫不耐人留恋忻赏。间以累石峥嵘,洵有如古人所谓蕴怪含灵、怀奇蓄变者,而济颠石危立鸳鸯池畔,尤妙得神态。冠欹侧,肋骨袒露,加之霉藓斑剥,仿佛布衲之破绽然者,一一皆酷肖梵宇间所雕塑之僧像,而出诸自然,不经削琢,斯亦罕觏可贵也矣。一昨予侍母往游,伫对久之,因记之如此。

(《最新苏州游览指南》,郑逸梅著,大东书局1930年3月初版)

## 记玄妙观之古鼎

吾吴玄妙观，为道家胜地。观中之祖师殿，有一鼎。鼎为铜质，初固未之宝也。后忽为某西人所见，坚欲得之，而羽士乃居为奇货，一再论值，卒以三万金定议，且先付五百圆，约期取畀焉。不料适为学界某君侦悉，出而力阻，于是素鲜人知之古鼎，遂喧传于里间，一时踵门往观者，几户限为穿。不敏一昨无事，亦尝问鼎焉。祖师殿在观之东侧门，往观者必由火神殿绕道右折而入。殿已倾圮，蛛尘罥网。所谓古鼎者，陈于中庭，下有石座，高及人肩。鼎为长方式，如殿宇之雏形，色殊黝黑，中有碎裂纹，纵约四尺，横约五尺，无年代标识，然据考古家断为宋代物也。殿侧有金甲怒目之神，共计五座，亦为铜质。殿之正中，有神龛绝高，而阶级已毁，来观者相率垫以倾折之梁椽以攀登之。龛中为祖师像，质亦铜，巍大倍常人，古色古香，均为珍品云。

（《孤芳集》，郑逸梅著，上海益新书社1932年8月初版）

# 吴下之蓴

我吴港汊纵横,湖泽渟洿,饶鱼虾菱芡之利。烹鲜荐新,应符时节。当此春末夏初,更家家煮蓴为馔,大快朵颐,口福吴侬,洵堪炫傲已。

蓴,一作莼,一名水葵,为蔬类植物。太湖之渍,蔓生滋长,叶椭圆形,有长柄,茎及叶背皆有黏液被之,滑滑湖波中,任人采撷。晓色迷蒙,村娃驾一叶扁舟,划向蓴丛中去,凭舷摘取,倾刻盈筐。叶平展者老,捲作梭形者,嫩不胜掏,且随摘随生,有似江上清风,山间明月,取之无禁,用之不竭。盖野产之物,素无主人也。木渎附近太湖,故市上卖蓴,辄以双秤为标准,买一送一,价绝廉也。一至城中,则斤斤较量,无双秤例矣。迩来沪上之小菜场,亦间有之。物稀为贵,鬻值之昂,倍蓰不止焉。煮蓴最好以塘鲤鱼合制为羹,鲜腴无可比拟,否则虾仁、肉丝亦佳。素者则与笋并煮。沪上难得塘鲤鱼，可以黄花鱼为代，惟味略逊耳。

莼有春秋二种，春莼清凉补血，秋莼性寒，不及春莼之有益。《晋书》："张翰，字季鹰，齐王囧辟为东曹掾。因见秋风起，乃思吴中菰菜、莼羹、鲈鱼脍。"是为秋莼无疑也。

灵岩山顶之池，有葵莼，每年曝干供进。其池水旱不竭，今不复采。按今市上所见，皆太湖莼也。自陆机、张翰盛称莼羹，后遂传为佳话。杨万里诗有"鲛人直下白龙潭，割得龙公滑碧髯"之句。清康熙三十八年南巡，驾幸东山，邹宏志以《贡莼诗》得奖。《太湖备考》云："太湖采莼，自前明万历间邹舜五始，至是舜五孙宏志种莼四缸，作《贡莼诗》二十首并家藏采莼图进之。上命收莼送畅春苑，图卷发还。同治十年五月，曾文正莅吴，阅太湖形势，道经木渎，驻节许缘仲所寓葛园，遍游灵岩、天平。及晚餐，庖人进膳有莼羹，文正喜曰："此江东第一美品，不可不一尝风味也。"后左文襄莅苏，宴饮沧浪亭，亦有此语。见《吴郡志》。

莼以鲜啖为佳，曝干再煮，已失真味。即现今市上所购之罐头莼菜，亦色变味变，无以解馋。

王西神居梁溪，署莼农。故毕几庵寓馀杭，号莼波。则梁溪、西湖之莼，不让吴中专美矣。

（《小品大观》上卷，郑逸梅著，上海校经山房书局1935年8月初版）

## 蟹与枫

秋深矣,顿忆故乡风物,曰"阳澄湖之蟹",曰"天平山之枫"。蟹则有爪皆金,枫则无叶不赭。朵颐是快,眼福大佳。济公拟于日内作苏州之行,因述蟹与枫二物,以告济公,盖此行不容辜负者也。

我苏为泽国,多巨浸。阳澄湖产金爪蟹,甲作腰圆形,爪细而黄,每斤仅二只,有对蟹之号。团脐膏腴,尖脐油美,啖之别有一种鲜馨之味。湖水清澈,故所产亦不着些儿泥土气也。且阳澄湖蟹,大都为籪取。蟹能上籪,皆坚实饶有足力,尤为盘餐上品。阳澄湖外,尚有澹台湖、金鸡湖、淀山湖,俱出清水蟹,而石蟹、铁锈蟹虽有名,然比诸阳澄湖者,不如殊远也。石蟹产石湖,体圆,螯跪粗硕,甲绝坚硬。铁锈蟹,甲斑驳多黄色,则壶湖之物也。蟹大都由玄妙观前诸野味店售卖。海上蟹市虽盛,然什九自玉峰、三泖间来,不但阳澄湖蟹不易得,即澹台、金鸡、淀山诸湖,以及石湖之石蟹、壶湖之铁锈蟹,均甚居奇也。

读古人诗"停车坐爱枫林晚,霜叶红于二月花"句,不觉为之悠然神往。我苏天平山,有长枫数十株,在童子门坡下高义园之修径间。春秋时蓊蔚一如常树,了无异致。然一经秋霜,烂似霞锦,自远望之,几疑桃杏之争芳斗丽也。犹忆曩在故乡时,秋日买棹前去,见红叶喜撷若干,邮贻海上诸文友,用以炫我故乡秋色。今者时异境迁,鬻文海上,我之炫人者,行将人以炫我矣。思之思之,曷胜怅惘。

(《小品大观》上卷,郑逸梅著,上海校经山房书局1935年8月初版)

## 吴门茶水之来源

昔人有云:"从来佳茗似佳人。"茶之为人所品赏明矣。吴门多茶肆,有闲阶级者流,午后无事,辄集于茶肆间,风生七碗,逸兴遄飞。上如政闻宦迹,下及花乘赌经,以及种种摩登事物,悉为谈论之资料。而兜售小食品者綦多,角黍也、排骨也、脆松糖也,均极隽美,足资咀嚼。而茶博士尤殷勤凑趣,侍候殊周,故不茶则已,一茶非至日曛灯上,不肯遽归。

吴门尚无自来水之设施,城中河道狭隘,水皆污浊,不堪煮茶。故较大之茶肆,往往特备一船,至胥门外,汲取胥江水,满载入城。但胥门无水关,必须绕道盘门,甚费周折。茶肆主人恐船役之水不由江也,于汲水处及盘门水关间,皆设有监督。监督者执有竹筹,船役必向取以为信。船泊埠头,别由伕役以桶担之。又恐伕役之水不由船也,又有小竹筹以为证。盖为卫生起见,不得不审慎严密也。然天下事无不有弊,使人防不胜防。此辈船役,异想天开,预于船底凿一孔,木塞以杜之,船既停泊,担去若干桶,潜行去塞,于是泾渭不分,取之无尽。船役乃大逸乐,茶肆主人不之察也,亦云狡狯矣。顷读明佚本李竹懒《六研斋二笔》,知取水用筹,是法古早行之,非自今日始也。其文云:"文衡山先生诗有极似陆放翁者,如《煮茶》句云:'竹符调水沙泉活,瓦鼎烧松翠鬣香。'吴中诸公遣力往宝云取泉,恐其近取他水以诒,乃先以竹作筹子,付山僧,候力至,随水运出以为质。此未经人道者,衡老拈得,可补茗社故实。"惟古人尚较诚实,犹不及今之诈谞百出也。

(《瓶笙花影录》卷上,郑逸梅著,上海校经山房书局1936年6月初版)

# 粽子糖

口之与味,以甘是尚,而饧糖遂为唯一消闲食品。《楚辞》:"粔籹蜜饵,有餦餭些。"注:餦餭,饧糖也。则饧糖由来之古,概可知矣。粽子糖为纯饧糖所制,煎煮既熟,俟其凝结未坚硬时,以剪刀铰之,成三角粽子形,故名。有薄荷者,有玫瑰者,昔时每枚一文,今则每枚一铜元。生活程度,在此若干年中,一跃而增至十倍,殊可惊也。粽子糖之佳者,入口渐化,了无滓壳。更有杂入松子仁及玫瑰酱为馅者,则甘芳尤较寻常者为胜,固不让舶来之朱古律、摩尔登专美。然摩登人士,往往醉心欧化,鄙弃国产之粽子糖而不屑进啖,过矣。

顷于袁小修佚稿中,见有"中郎遗我粽子糖,留箧中犹未罄"云云,则粽子糖之名,昉于有明也。

丹青名家陆廉夫,生前喜啖粽子糖,点染必进之以助兴。有求其法绘而冀速藻者,馈以粽子糖,辄得如愿以偿。一时画苑中人,无不资为谈助。

曼殊上人嗜糖成癖,因有"糖僧"之号,其所嗜者,即粽子糖,一再于其书札中见之,如与柳亚子云:"计余在此,尚有两月返粤,又恐不能骑驴子过苏州观前食紫芝斋粽子糖,思之愁叹。"又与邵元冲云:"老大房之酥糖,苏州观前紫芝斋之粽子糖,君所知也。"实则紫芝斋乃采芝斋之误。采芝斋开设于百年前,本在玄妙观前洙泗巷口,主人守旧,绝无规模可言,自开拓道路,屋皆改造,兹已扩充而海化矣。

(《瓶笙花影录》卷上,郑逸梅著,上海校经山房书局1936年6月初版)

# 老和尚过江考

旧俗相传,颇多神话,而于废历之二月廿八日,则称为老和尚过江,谓老和尚载榷满船,渡江而来,故是日必大风雨,所以天覆其载,否则散瘟作疫,岁多死亡也。实则老和尚为达摩,达摩乃南北朝时之高僧,本南天竺王子,姓刹帝利,泛海达广州。武帝迎至金陵,与谈佛理,不契,折芦渡江入魏。居嵩山少林寺,面壁九年,人莫能测,为禅宗第一祖。大同初示寂,葬熊耳山。昔陈继儒善画达摩,颇多题赞,如云:"一苇渡江,九年面壁。开甘露门,广群生泽。"又云:"一双履,一根锡,对面者谁?应声曰不识。"又云:"路见不平,把五千四十八卷,一齐束付东洋大海,却向震旦,惠逞口光舌快,早起踏芦西归,若遇眉公,断不许臊胡千奇万怪。叶画神龙,见真者自应胆碎。此何故压捺这人,只为后世野禅,卜度思量,偷心犹在。此之谓《阴符》有云:'害生于恩,恩生于害。'这老汉九年面守空壁,问渠枯骨头上,觅什么计?若遇陈居士热掌,翻打泼皮,只打他青天白日,如何鬼出。"作禅语以讽世,殊可诵也。而是日往往大风且雨,有如应验不爽者,乃廿四番花信风,适当其会,俗说不足信也。

(《淞云闲话》,郑逸梅著,日新出版社1947年6月初版)

## 着 甲

着甲，鲟鳇鱼之俗称也，一名鳣，长一二丈，无鳞，背有骨甲，口近颔下，有触须。脂与肉俱为黄色，产江河及深水中。可与豚肉同煮，味绝腴美。吴中诸野味店，均置于砧上，分段出售。故小说家许指严颇嗜是物，每游吴中，辄以着甲佐酒。

着甲生于淡水，渔人网之，既长且大，虑其倔强难制，则以咸水当鱼头一冲，鱼即晕去如死，乃起得之，一任宰割也。

此鱼元时已有之，称阿八儿忽鱼，产辽阳东北海河中，见《饮膳正要》。清尹文端公家厨善治着甲，常煮以宴宾，尝之者无不赞美，当时有"尹家鱼"之目。外间诸肴馔馆纷纷仿为之，然终不能及也。

着甲忌与牛乳同进，进则凝滞不能消化。吴中有体育家某自恃体健，不之信，一日竟尽着甲一簋、牛乳一器，食毕而睡，夜半腹痛如绞，从此委顿者月馀，进药后始渐健适。

着甲可以红烧，亦可蒸食。红烧则先切片，沸油煎之，次将酱油、黄酒及纤粉等汁倾入，并加火腿片、熟香菰、生葱结、白糖，再烧一透，即可起锅。若蒸食，则先将鱼烧煮一过，除去大骨，切肉成小方块，和姜片、笋片、火腿片、香菰同蒸，将熟时，加入白酱油、黄酒少许，及食，蘸面酱、麻油，甚为香美，且须乘热，稍冷即腥气触鼻矣。

（《淞云闲话》，郑逸梅著，日新出版社1947年6月初版）

## 培植石菖蒲

人们工作了一天，傍晚归家，必须有些精神上的享受。我觉得案头清供，是满足精神享受的一法。尤其在暑夏天气，窗前小坐，纨扇在握，倘使案头有一盆石菖蒲，细叶纷披，湛然浅碧，静中对之，似乎从细叶中沁出凉意，散着清芳，不但消失了疲劳，也忘怀了炎热，那是何等的舒适啊！

菖蒲种类很多，据明代李时珍调查研究，有钱蒲、泥菖蒲、水菖蒲、瘦根石菖蒲和粗根石菖蒲五种。其中以石菖蒲最为可爱，叶翠绿而无中络，质又柔嫩光泽。也有人把石菖蒲分为六种：金钱、牛顶、虎须、剑春、香苗、台蒲。种在盆中，为案头清供的，大都为金钱、虎须、香苗，叶纤细，高仅数寸，因而有细叶菖蒲之称。

培植之法，有栽于土中的，最好用山泥，不致腐根。白天放在阴凉的地方，晚上露在庭院中，自然茂美。也有栽于沙中的，取其滤水而不淤积,功用也就和山泥差不多。还有栽于浅水中,伴以雨花台文石,那在观赏方面,更饶清致。另有一法,把棕编成小型蒲团,预将石菖蒲的根茎剪成细段,然后用小钳嵌入棕团中,务使罗罗清疏,有条不紊。棕团经常保持湿润,无需施肥,厥性自遂。

震泽张听蕉,他培植石菖蒲很有经验,著有《论菖蒲十则》。我曾录存之,这里摘取一二如下:"菖蒲性好阴,若烈日烘曝,叶反不青。最好花阴空隙处安置,略见日光,而受风露滋浸,自然佳胜。剪在春夏之交,剪时须净,不留秒上分毫,手段要猛,用竹剪将秒梢剪尽,闷足则茁芽方细。得水而养,水宜陈陈相因,盆内宿水,慎勿倒换。枯则添水,河中活水为上,池水次之。菖蒲有山林气,无富贵气;有洁净形,无肮脏形。清气出风尘以外,灵机在水石之间,此为静品,此为寿品,玩者珍惜。"此中诀窍,非亲身经验的不易知道。又亡友胡寄尘,著有《石菖蒲谱》,惜没有看到这书。

前人爱石菖蒲而见诸吟咏的很多,如李白、杜甫、江淹、陆游、苏轼、苏辙都是,特别是苏辙见书斋中菖蒲忽开八九花,引为奇观,便作了一首诗,向他的长兄苏轼索和,苏轼欣然命笔,和了一首七古。实则石菖蒲开花,不足为奇,它开花时期,常在夏末秋初,花色淡黄,形小为肉花序,没有姿韵,所以人们大都欣赏它的叶,不欣赏它的花。

供石菖蒲最好用纯白瓷盆,既古雅,又洁净,下面垫着紫檀小架,那就相得益彰。我们若在案头阅读,或有所写作,时间久了,目就倦涩,这时暂放手头的书本和纸笔,对那一掬清泉,数茎翠叶,出一会神,确有养目涤烦之功。同学夏石庵,擅植石菖蒲,我案头所供的,就是出于他的手植。

(《文苑花絮》,郑逸梅著,中州书画社1983年12月初版)

## 黄莲集

七里山塘,画舫如织。虎邱之后,大半为花农之宅。有刘姓家者,最多异花,广搜佳种,故名特著。某年夏,有淡黄色之四面莲一缸,一时喧传,观者络绎,索价至二百金,盖因城绅某某数人,争相欲购之故。后为武林某寺方丈所知,出三百金购去,蓄之池中,闻五年后,满一池矣。方丈特筑精舍三楹于池上,而自称黄莲老禅。方丈善为诗,有《黄莲集》行世,盖其诗亦以咏黄莲为最多也。余访之浙友,竟少知者。余则闻诸先大父锦庭公云云。

(《梅瓣集》,郑逸梅著,上海图书馆1925年4月初版)

# 星社文献(节选)

## 刊 物

星社有悠久的历史,虽没有社集,却也有若干种的刊物。昔读《万象》天命君所撰之《星社溯往》,对于社中刊物,语焉不详,鄙人因把若干种胪列在后面,这也是星社的小小文献哩。

(一)《星报》。创刊号发行于丙寅年五月初六日,为苏州唯一的文艺三日刊,馆址在苏州温家岸,那便是范烟桥的府上——向庐。报头是大圜居士张一麐写的。丙寅年十二月十九日辍止,共廿五期。每期第一篇由主干烟桥担任,有时署名乔木,那无非是"桥"的拆字格罢了。编排的式样很新颖,基本撰述员有小青、苏凤、吟秋、半狂、眠云、季鹤、明道、转陶、碧波、剑花、菊高、佩英、闻天和鄙人,天笑、瞻庐、襟亚、寒云、醉英辈也时有杂稿点缀。长篇小说有《苏州水浒》《乱说苏州》《交通外史》。特辟一栏名"会书场",都是短篇小说,那开场白署名是场东,大概也是烟桥的妙笔,说得很有风趣,如云:"本场特约海内名小说家,蝉联撰述短篇小说一种,仿照我们苏州说会书的惯例,依次而下,玩一个富贵不断头。不过会书场里,有许多怪现象:说得不好,要喊下来;还有响档的排在后面,说是送客。这些臭规矩,我们这特别改良新式文明的会书场,都要除掉它。不分王前卢后,一个个都是柳敬亭再世,马如飞复生。还有一层,那几位说会书的先生们,有的远在千里以外,书信往来,起码一礼拜;有的正在总司令或是督办跟前堂唱,要偷些工夫出来应酬;有的兼了七八个场子,忙得不可开交;有的脾气大、架子辣,须得等他示下,场东虽是走得脚底生茧,唇焦像炭,恐怕他们还是慢吞吞地大摇大摆地到来。诸君千万不要性急,莫蹬地板,且看登场。闲话少说,请瞧!中国柯南道儿来反串'社会小说'了!"原来第一篇是程小青的《西瓜与汽水》,第二篇是王西神的《灵魂通电》,继之是顾明道的《败军之将》、姚赓夔的《密缕》、顾醉萸的《故乡》、张碧梧的《大门的内外》、赵眠云的《预祝》、徐碧波的《黄八小姐的丝袜》、沈家骧的《血头》、姚赓宸的《意蕊》、金季鹤的《刀光镜语》、杨剑花的《恩惠的报酬》、程瞻庐的《三关》、蒋吟秋的《争些什么》、鄙人的《裸影》、吴双热的《此是销魂荡魄时》、求幸福斋主的《青岛与香港》、赵无病的《嫁后的一个情敌》、俞天愤的《夜戍》、范菊高的《同样的面孔》、张慧剑的《夜午》、尤半狂的《做官》、胡亚光的《爱国先生》，共二十三篇，若把它汇刊起来，不是很好的一部星社小说集，和南社小说集可以媲美吗？

（二）《星光》。出版于民国十二年癸亥之夏，烟桥、眠云合辑，发行的地点是苏州胥门枣市，那便是眠云所居。这书分上下两集，刊载短篇小说二十四篇，横式小册，仕女封面，出于胡亚光手笔，每篇小说都有作者的小传和照相，很是别致。最精采的有周瘦鹃的《我想苏州》、江红蕉的《懦人》、徐枕亚的《钻石情》、袁伯崇的《我胯下这虎》、毕倚虹的《离婚后的儿女》、程瞻庐的《一天星斗焕文章》、顾明道的《循环》、蒋吟秋的《女儿貌》、吴双热的《诗圆记》。鄙人的《一箭双雕》，那是不足列数的。

（三）《星宿海》。全一册，刊行于民国十四年九月，由生生美术公司发行。鄙人和眠云合辑，内容有小说、笔记、诗话、剧谈，共二十二篇，作者如莲痕、红蕉、转陶、芝岩、烟桥、吟秋、君博、季鹤、明道、小青、卓厂、菊高、瞻庐、佩萸、守拙、闻天、若玄、半狂、碧波、眠云和鄙人。封面是紫色的图案画，那是孙雪泥代为计画的。

（四）《罗星集》。袖珍本，民国十五年四月，上海潮音楼出版。鄙人和顾明道合辑。这书原本是明道所辑，编未及半，忽应某书坊之请，赶撰《啼鹃续录》，《罗星集》便搁置未竟其功。后来他和鄙人商量，把辑务见委。鄙人义不容辞，就谬为诠次，交潮音楼出版。潮音楼是联益贸易公司的一部分，那时鄙人担任《联益之友》美术旬刊的编辑，所以是很便利的。内容小说杂作，共二十馀篇。

## 雅集照片

星社雅集照影，第一次在吴中留园，和十周纪念在鹤园摄留纪念，天命君已提及，此外尚有数帧。有一次在钮家巷鄙人家里开茶话会，记得是盛夏天气，啖瓜嚼藕之馀，便招了摄影师来，在新学前摄了一幅雅集照片。原来钮家巷和新学前近在咫尺，往返很便利的。乙丑七夕，在狮子林雅集，也摄了一张照片。这两次鄙人都去参加，照片尚留存在笥箧内。后来烟桥、红蕉、转陶在梁溪辑《苏民报》，便约了星社社友到无锡去雅集，在公园中照影，鄙人却因事没有去，所以这帧照片也没有留存。自从星友纷纷来申，星社雅集在上海第一次举行，商借的地点是威海卫路的某俱乐部。这时朱其石、施济群、陆澹盦、谢闲鸥、丁慕琴、黄白虹、郭兰馨都来加入，拍了一张新旧社友雅集的照片，鄙人尚把这帧张挂在纸帐铜瓶室中。民国二十六年，星社在正谊社春宴，欢迎徐卓呆、范系千社友留日归国，也拍了一张镁光照。这时加入的社友很多，如陈蝶衣、周鸡晨、颜文樑、严独鹤、包天笑、钱瘦铁、江小鹣、张枕绿、陈灵犀、陆抑非、芮鸿初、应俭甫、倪高风、高天栖、毛子佩、郑过宜、沈秋雁、孙筹成、柳君然、吴莲舟、张舍我、杨守仁等，济济一堂，阵容很是严整的。同年蒋吟秋主办苏州文献展览会，星社沪苏社友在沧浪亭隔壁美术专门学校拍了一张团体照，照中有吴待秋、赵子云、顾墨彝、陈伽盦、樊少云、郑建卿、易君左，那都是临时参加的。

## 社友的亡故

人生朝露，今古同嗟。在这近几年中，社友已有好几位逝世。徐涓云，擅小品文，又善摄影，《星报》上和烟桥所辑的《珊瑚》杂志上，发表他的作品很多，似乎他又能绘画，后来遭着拂逆，愤而自杀。丁翔华，别署蜗牛居士，为王西神弟子，书法得其神髓，论书很有见解，如云："真书以平和为上，而俊宕次之；草书以简静为上，而雄肆次之。"又云："下笔能变，学古而能自化矣。能化而后能立体，能立体而后不为书奴。"他绘有《归去来辞画意图》，下世后，鄙人曾有一诗，题他的遗作，云："莽荡乾坤剩劫灰，虫沙猿鹤总堪哀。蓬莱仙境知非远，邈兮高风归去来。"刊有《蜗牛居士全集》，内容如《绘事浅说》、《治印一得》、《书体识小》、《艺人小志》、《椿荫闲话》、《诗文杂著》，都是值得一诵的。黄觉和鄙人同学，他绝顶聪明，能诗，和一班耆旧如张仲仁、金松岑、费树蔚、邓孝先诸先生，九九消寒，斗韵饮酒为乐。他曾一度为律师，事变既起，他在吴中，因附近被炸，受惊致疾，其时秩序已乱，失于医药，便把生命牺牲了。吴莲舟，他是擅岐黄术的，赋形似郭橐驼，却具慧思，制文虎，足继曩时萍社诸子的馀绪，在若干年前逝世。黄南丁擅小说家言，著有《杨乃武与小白菜》、《腥风录》，和尤半狂很莫逆，常借榻于半狂的梅花清梦庐。他是黄觉的弟弟，也是间接死在事变中。姚民哀，他是党会小说的巨擘，刊有《四海群龙传》、《民哀说集》、《小说霸王》等，不胜枚举。他又是南社的诗人，擅柳敬亭技，足迹遍大江南北，事变中死于非命。江小鹣，他和鄙人是草桥学舍的同学，后来他到法国去学美术，长油画，又善范金作人像，陈英士、谭延闿的铜像，都是出于他手塑的，画几笔国画也很有致，可惜鄙人当时未曾请求他，所以拙藏中没有他的寸缣尺幅。事变前，他住在沪北宝兴路的静园，他的夫人能自制西点，奶油蛋糕尤为甘松适口。有一次，他邀冒鹤亭、吴湖帆、陈子清、潘博山、但杜宇、殷明珠诸位和鄙人在他园里大嚼了一顿，摩挲他仿造的古铜器，彝鼎钟敦，无不锈绿斑剥，令人不辨真赝。没有几时，他到云南去，即客死于滇。他是江建霞太史的哲嗣,丰姿很美,有"璧人"之号。中年,他蓄了几茎羊颔式的胡须,使人留着特殊的印象。程瞻庐,是我社中的前辈,去年在吴中患着胃溃疡而死。他预备把事变中的见闻写成一部长篇小说,岂料没有成为事实,前辈的不幸,也是读者的不幸哩!孙东吴,他是报界的耆宿,曾著有《报海回澜录》,传诵一时。他住在爱文义路大统路口,一榻横陈,染烟霞之癖,和白葭居士很投契。白葭做了几首罂粟花诗,写在扇头上赠给他,他珍同拱璧,特地给鄙人瞧读,匆匆没有把它抄录下来,否则却是拙著《花果小品》中的好资料哩。他前年归道山。

## 社友的谜兴

社友如吴莲舟,他是有谜癖的,有《文虎》半月刊的印行。其他如陆澹盦,为萍社射虎名将。又程瞻庐、朱枫隐,他们在吴中假王废基的西亭,组织西亭谜社,每逢新年,辄张灯悬挂谜条,一般有谜癖的,纷纷往射,颇极一时之盛。那些谜条,都很新颖滑稽,惜乎师丹善忘,完全失忆了。

## 星社年会记

民国二十六年的春日,社友蒋吟秋在苏可园举行苏州文献展览会,我们星社同文,因参观展览会雅集于可园对面的沧浪亭。当时易君左也来与会,撰《年会记》一篇,社友的名姓嵌在里面,具见巧思。兹录如下:

"闲鸥(谢)碧波(徐),烟桥(范)枕绿(张),逸梅(郑)冷月(陶),芝岩(赵)小青(程)。独鹤(严)伴白虹(莫)而剑飞(尤),瘦鹃(周)望红蕉(江)而月旦(许)。群瞻庐(程)宇,各拂剑花(杨);列戟门(尤)庭,无妨天笑(包)。感鸿初(芮)之冥冥,缅芳雄(金)之渺渺。或诵济(顾)川之叶,或纪于(孙)飞之章,或释云(钱)想之辞,或炳星(黄)日之气。或慕琴(丁)而眠云(赵),愿伴朱枫以隐;或明道(顾)而守拙(屠),谁怜范叔之寒。帘外鹦哥(范),较蝶衣(陈)而更丽;云端苏凤(姚),比鹤年(吴)而尤高。或起舞鸡晨(周),而寒英(金)落尽;或怕闻秋雁(沈),而浪迹东吴(孙)。斯文楶(颜)栋,雅澹安(陆)详;古逸芬(俞)芳,康福基(孙)楚。君然(柳)其说,则一念民哀(姚);君左(易)其辞,则三思以复(许)。天栖(高)山隐(锺),达似胡铨(范);醒华(黄)济群(施),贤如寇准(钱)。若乃耸直山(马)岳,其石(朱)岩岩;

又或运转陶（黄）朱,系千（范）累累。愿传霖（徐）雨,如嗅兰馨（郭）。黄菊高（范）秋,红莲湘（吴）水。众推善子（张）,天相吉人（吴）。至若盫名迦（陈）慎（方）,秋号吟（蒋）沄（徐）。仆本半狂（尤）,灵犀（陈）一点。蒋山（蒋）在望,子佩（毛）彭熙（尤）。燕方（陈）一飞（陆）,高风（倪）四起。江南二月,初放梅花。盛会吴中,同观文献。聚餐合影,置酒高歌。愿与沧浪而共清,永祝星光之炳耀！廿六年二月廿一日易君左。"

## 星社雅集歌

易君左既有《年会记》之作,烟桥范子逸兴飙举,即席吟成《星社雅集歌》,如云：

"星社始壬戌,已历六千日。道合而志同,交淡而情密。时时选胜为高会,脱略形迹薄冠带。追踵几复励朝气,岂肯新亭徒感慨。今年吴中展文献,吟秋（蒋）馆长纷致券。不辞风雨故人来,相见都喜腰脚健。置酒沧浪面水轩,美术之宫春有痕。张筵三围应众数,薄寒顿去还微暄。慎盦（方）乔梓遇梅边,飞车而至占最先。善子（张）山隐（锺）匆匆去,云有客在待开筵。文樑（颜）为地主,款语如妪煦。逸梅（郑）既题字,复访可园古。明道（顾）艰天步,舁座左右护。筹成(孙)雄于谭,骨梗快一吐。瞻庐(程)寡言笑,偶语皆入妙。碧波(徐)夫人病,独行出意料。瘦鹃(周)小青(程)谢众推(举为苏州干事),群情拥戴掌声雷。自此两地(苏与沪)各欢集,有时相约互往来。君左(易)分贻《高歌集》,歌之顽廉与懦立。援笔诗成留册子,倚马之才我心戢。冷月(陶)与之同袍泽,亦言天纵不可及。佩萸菊高(两弟)相连翩,令我苦忆海上之系千(四弟留东)。君博(范)招留影,与客择画境。沄秋急公事,屡作催行请(是日有文艺作家协进会之集)。克让(周)久与同人别,此日相逢倍欣悦。眠云(赵)折柬要春酣,赵(子云)樊(少云)顾(墨怡)陈(迦盦)与二吴(待秋、子鼎)。都是江南老画师,各作星社雅集图。留待百年成掌故,豪情胜概记吴都。酒阑复入网师园,共登槃阿听宏论。东南文艺融门户,生气虎虎山河吞。"

(《永安月刊》第57、58、59期,1944年2月、3月、4月出版,署名纸帐铜瓶室主)

# 我在苏州时之旧居

饥驱沪上，转瞬已有十馀年，对于苏州渐渐地冷漠，几乎要忘怀了。苏州水土清嘉，人文美秀，并不是不爱它，实在，鄙人太没有福气，流浪飘泊，计拙谋生，恐怕要做了令威化鹤归来的了。言念及此，不觉发声长叹。

鄙人三岁就没有父亲，先祖父锦庭公很钟爱鄙人。锦庭公经营商业，苏沪往还，居家在沪，设铺在苏。铺子是绸布庄，最初设阊门中市，后来另设仁大绸布庄在观前宫巷碧凤坊口。鄙人读书草桥第四高等小学，为近便计，就住在铺子的楼上，特辟一室，置着笔砚。记得某年弥罗宝阁大火，敝人目击灾状，且距离近，焚炀赫烈，很是可怕哩。

敝人进草桥中学读书，已卜居乔司空巷。这所巨宅，是董姓的，出入要走一条曲折深邃的陪弄，晚间黑黢黢的，必须掌灯。有时灯被风吹熄,敝人胆怯,噤得手足无措。敝人结婚便在那儿,过了一年,锦庭公忽患中风,三日逝世,族中无赖,攫夺业产,闹得不成其局。愚夫妇失了荫护,为紧纵俭约起见,迁到萧家巷,和名金石家王冰铁为贴邻。

后来由萧家巷迁至东大园,居停凌姓。屋很宽敞,这时敝人和赵眠云、范君博合辑《游戏新报》,社址就设在敝人的家里。继着《游戏新报》为《消闲月刊》,也在敝人家里编辑刊行。

东大园和钮家巷,只一河之隔。同学袁缵之,他住在钮家巷西头,遭失怙之痛,家中人口不多,很是冷静,便招敝人移往居住。袁家尚是明代的一家古屋,小庭中有银杏树一株,高及楼房,很为难得。我们星社曾在那儿举行雅集,并于附近新学前摄了一张照片。

钮家巷再迁至甫桥西街双塔寺前,后临一园,春时红杏烂熳,如披画本。这儿俞天愤曾来见访,他说,这屋是前清科举考试士子所居,他应考也来住过,今日旧地重临,出于意料之外呢!

西桥再迁至小曹家巷,某次星社新年聚餐,便在这儿飞觞流斝。社友很多,可是如程瞻庐、朱枫隐、顾明道、黄若玄、屠守拙,现在已作古人,回忆之馀,不胜腹痛。

赵眠云的家,在胥门外枣墅,他招敝人搬到他家里住,情感既洽,非常热闹。如此过了一年,敝人到上海来谋食,全家由轮船搬到上海,煮字疗饥,舌耕糊口,而两髻已斑,一无建白,真是愧恧欲死哩。

尚有须补充者,敝人曾一度住娄门小新桥巷,门临一河,很是清旷,左邻为前辈王严士著书悬壶之处,书声朗朗,隔垣可听,令人为之神往。但住在小新桥巷,不知从何处迁去,已模糊不忆了。

(《苏州明报》副刊《明晶》第九十、九十一期,1946年12月17日、18日)

# 庭园之趣味

原始人类，与木石居，与鹿豕游，以大自然为庐舍。厥后进化而有宫室，且复雕梁画栋，洞牖敞甍，极建筑工程之能事。于是人处其中，无风之侵，雨之淋，暴日之炙灼，霜雪之交加，而俯仰偃息，优哉游哉。但为日既久，山野之性，又复萌发，与大自然隔绝，顿觉局促不安。为调剂计，居室乃具庭园之设备，得与一花一草、一泉一石相接触。花之红酣，草之绿缛，泉之淙然，石之磊然，而山野之性始适。古之名园，可考者，如史弥远之半春园，石季伦之金谷园，司马光之独乐园，章参政之嘉林园，曹文元之曲水园，他如沁水园也，奉诚园也，玉壶园也，仲长园也，绣谷园也，辟疆园也，丛春园也，翠芳园也，苜蓿园也，指不胜屈。于是鸟喧百族，花兼四方，萝径连绵，松轩杏霭，而城市自饶山林之气，屋宇而有原野之风。此中乐趣，有非笔墨所能形容者矣。

庭园中往往叠以假山，与花木掩映，始具佳趣。陈留谢肇淛之《五杂俎》，有述及假山者，如云："宋时巨室，治园作假山，多用雄黄、焰硝和土筑之。盖雄黄能辟虺蛇，焰硝能生烟雾，每阴雨之候，云气浮郁，如真山矣。"又云："假山之戏，当在江北无山之所，装点一二，以当卧游。若在南方，出门皆真山真水，随意所择，筑菟裘而老焉。或映古木，或对奇峰，或俯清流，或踞磐石，主容之景皆佳，四时之赏不绝，即善绘者不能图其一二，又何叠石累土之工所敢望乎？"又云："假山须用山石，大小高下，随宜布置，不可斧凿。盖石去其皮，便枯槁不复润泽生莓苔也。太湖锦川，虽不可无，但可妆点一二耳。若纯是难得奇品，终觉粉饰太胜，无复丘壑天然之致矣。余每见人园池，踞名山之胜，必壅蔽以亭榭，妆砌以文石，缭绕以曲房，堆叠以尖峰，甚至猥联恶额，累累相望，徒滋胜地之不幸，贻山灵之呕哕耳，此非江南之贾竖，必江北之阉官也。"又云："《西京杂记》载茂陵富人袁广汉筑园四五里，激流水注其内，摄石为山，高十馀丈，此假山之始也。然石初不甚择。至宋宣和时，朱勔、童贯以花石娱人主意。如灵璧一石，高至二十馀丈，周围称是，千夫舁之不动。艮岳一石，高四十馀丈，封为盘固侯，石自此重矣。李文叔《洛阳名园记》，十有九所始于富郑公，而终于吕文穆，其中多言花木池台之盛。而其所谓山如王开府宅，水如胡氏二园者，皆据嵩少北丘之麓以为胜，则知时未尚假山也。自宣和作俑，南人舍真山而伪为之，其蔽甚矣。"又云："吴中假山，土石毕具之外，倩一妙手作之，及舁筑之费，非千金不可，然在作者工拙何如？工者事事有致，景不重叠，石不反背，疏密得宜，高下合作，人工之中，不失天然之地，又含野意。勿琐碎而可厌，勿整齐而近俗，勿夸多斗丽，勿太巧丧真，令人终岁游息而不厌，斯得之矣。大率石易得，水难得，古木大树尤难得也。"又云："王氏弇州园，石高者三丈许，至毁城门而入，然亦近于淫矣。洛阳名园，以苗帅者为第一。据称大树百尺对峙，望之如山，竹万馀竿，有水东来，可浮十石舟，有大松七，水环绕之。即此数语，胜概已自压天下矣。乃知古人创造，皆极天然之致，非若今富贵家但斗巨丽已也。"对于假山之沿革掌故，可谓详备。顷检勾吴钱梅溪之《艺能编》，亦有《堆假山》一则，如云："堆假山者，国初以张南垣为最，康熙中则有石涛和尚，其后则仇好石、董道士、王天于、张国泰皆为妙手。近时有戈裕良者，常州人，其堆法尤胜于诸家。如仪征之朴园、如皋之文园、江宁之五松园、虎丘之一谢园，又孙古云家书厅前山子一座，皆其手笔。尝论狮子林石洞，皆界以条石，不算名手。余诘之曰：'不用条石，易于倾颓奈何？'戈曰：'只将大小石钩带联络，如造环桥法，可以千年不坏，要如真山洞壑一般，然后方称能事。'余始服其言。至造亭台池馆,一切位置装修,亦其所长。"是则足补《五杂俎》之不足。

李笠翁对于庭园之布置,亦注意于假山,而能道人所未道,尤为可喜。如云:"幽斋磊石,原非得已,不能致身岩下,与木石居,故以一拳代山,一勺代水,所谓无聊之极思也。然能变城市为山林,招飞来峰使居平地,自是神仙妙术,假手于人以示奇者也,不得以小技目之。且磊石成山,另是一种学问。尽有丘壑填胸、烟云绕笔之韵士,命之画水题山,顷刻千岩万壑,及倩磊斋头片石,其技立穷,似向盲人问道者。故从来叠山名手,俱非能诗善绘之人,见其随举一石,颠倒置之,无不苍古成文,纡回入画,此真造物之巧于示奇也。譬之扶乩召仙,所题之诗与所判之字,随手便成法帖,落笔尽是佳词,询之召仙术士,尚有不明其义者。若出自工书善咏之手,焉知不自人心捏造?妙在不善咏者使咏,不工书者命书,然后知运动机关,全由神力。其叠山磊石,不用文人韵士,而偏令此辈擅长者,其理亦若是也。然造物鬼神之技,亦有工拙雅俗之分,以主人之去取为去取。主人雅而取工,则工且雅者至矣;主人俗而客拙,则拙而俗者来矣。有费累万金钱,而使山不成山,石不成石者,亦是造物鬼神作祟,为之摹神写像,以肖其为人也。一花一石,位置得宜,主人神情已见乎此矣,奚俟察言观貌,而后识别其人哉。"笠翁于山石,分大山、小山、石壁、石洞、零星小石,分别言之,如大山云:"山之小者易工,大者难好。予遨游一生,遍览名园,从未见有盈亩叠丈之山,能不补缀穿凿之痕,遥望与真山无异者。犹之文章一道,结构全体难,敷陈零段易。唐宋八大家之文,全以气魄胜人,不必句栉字笓,一望而知为名作,以其先有成局,而复修饰词华,故粗览细观,同一致也。若夫间架未立,才自笔生,由前幅而生中幅,由中幅而生后幅,是谓以文作文,亦是水底渠成之妙境。然但可近视,不耐远观,远观则襞褶缝纫之痕出矣。书画之理亦然。名流墨迹,悬在中堂,隔寻丈而观之,不知何者为山,何者为水,何处是亭台树木,即字之笔画,杳不能辨,而只览全幅规模,便足令人称许。何也?气魄胜人,而全体章法之不谬也。至于叠石成山之法,大半皆无成局,犹之以文作文,逐段滋生者耳,名手亦然,矧庸匠乎。然则欲累巨石者将如何而可?必俟唐宋诸大家复出,以八斗才人,变为五丁力士,而后可使运斤乎?仰分一座大山,为数十座小山,穷年俯视,以藏其拙乎?曰不难,用以土代石之法,既减人工,又省物力,且有天然委曲之妙。混假山于真山之中,使人不能辨者,其法莫妙于此。累高广之山,全用碎石,则如百衲僧衣,求一无缝处而不得,此其所以不耐观也。以土间之,则可泯然无迹,且便于种树,树根盘固,与石比坚,且树大叶繁,混然一色,不辨其为谁石谁土,列于真山左右,有能辨为积累而成者乎?

此法不论石多石少，亦不必定，求土石相半。土多则是土山带石，石多则是石山带土。土石二物，原不相离，石山离土，则草木不生，是童山矣。"小山云："小山亦不可无土，但以石作主，而土附之。土之不可胜石者，以石可壁立，而土则易崩，必仗石为藩篱故也。外石内土，此从来不易之法。言山石之美者，俱在透、漏、瘦三字。此通于彼，彼通于此，若有道路可行，所谓透也。石上有眼，四面玲珑，所谓漏也。壁立当空，孤峙无倚，所谓瘦也。然透、瘦二字，在在宜然。漏则不应太甚，若处处有眼，则似窑内烧成之瓦器，有尺寸限在其中，一隙不容偶闭者矣。塞极而通，偶然一见，始与石性相符。瘦小之山，全要顶宽麓窄，根脚一大，虽有美状，不足观矣。石眼忌圆，即有生成之圆者，亦粘碎石于旁，使有棱角，以避混全之体。石纹石色，取其相同，如粗纹与粗纹，当并一处；细纹与细纹，宜在一方；紫碧青红，各以类聚是也。然分别太甚，至其相悬接壤处，反觉异同，不若随取随得，变化从心之为便。至于石性，则不可不依，拂其性而用之，非止不耐观，且难持久。石性维何？斜正纵横之理路是也。"石壁云："假山之好，人有同心，独不知为峭壁，是可谓叶公之好龙矣。山之为地，非宽不可。壁则挺然直上，有如劲竹孤桐，斋头但有隙地，皆可为之。且山形曲折，取势为难，手笔稍庸，便贻大方之诮。壁则无他奇巧，其势有若累墙，但稍稍纡回出入之，其体嶙峋，仰观如削，便与穷崖绝壑无异。且山之与壁，其势相因，又可并行而不悖者。凡累石之家，正面为山，背面皆可作壁，非特前斜后直，物理皆然，如椅榻舟车之类。即山之本性，亦复如是。逶迤其前者，未有不崭绝其后，故峭壁之设，诚不可已。但壁后忌作平原，令人一览而尽，须有一物焉蔽之，使坐客仰观不能穷其颠末，斯有万丈悬崖之势，而绝壁之名为不虚矣。蔽之者维何？曰：非亭即屋。或面壁而居，或负墙而立，但使目与檐齐，不见石丈人之脱巾露顶，则尽致矣。石壁不定在山后，或左或右，无一不可，但取其地势相宜，或原有亭屋，而以此壁代照墙，亦甚便也。"石洞云："假山无论大小，其中皆可作洞。洞亦不必求宽，宽则借以坐人。如其太小不能容膝，则以他屋联之，屋中亦置小石数块，与此洞若断若连，是使屋与洞混而为一，虽居屋中，与坐洞中无异矣。洞上宜空少许，贮水其中，而故作漏隙，使涓滴之声，从上而下，旦夕皆然。置身其中者，有不六月寒生，而谓真居幽谷者，吾不信也。"零星小石云："贫士之家，有好石之心而无其力者，不必定以假山。一拳特立，安置有情，时时坐卧其旁，即可慰泉石膏肓之癖。若谓如拳之石亦须钱买，则此物亦能效用于人，岂徒为观瞻而设？使其平而可坐，则与椅榻同功；使其斜而可倚，则与栏干并力；使其肩背稍平，可置香炉茗具，则又可代几案。花前月下，有此待人，又不妨于露处，则省他物运动之劳，使得久而不坏，名虽石也，而实则器矣。且捣衣之砧，同一石也，需之不惜其费，石虽无用，独不可作捣衣之砧乎？王子猷劝人种竹，予复劝人立石，有此君子不可无此文。同一不急之务，而好为是谆谆者，以人之一生，他病可有，俗不可有，得此二物，便可当医，与施药饵济人，同一婆心之自发也。"

庭园之设施，唯一之专书，厥为《园冶》。书凡三卷，明吴江计无否著。初名《园牧》，曹元甫见之，改为《园冶》。有阮圆海序，日本有抄本，卷首题"夺天工"三字，遂呼为天工，《园冶》之名反隐。北平图书馆得一明刻本，而缺其第三卷，乃合日本内阁文库所藏刻本，始成完璧。中有《园说》一篇，多扼要之谈。如云："凡结林园，无分村郭，地偏为胜，开林筭、剪蓬蒿，景到随机，在涧共修兰芷。径缘三益，业拟千秋。围墙蜿约于萝间，架屋蜿蜒于木末。山楼凭远，纵目皆然；竹坞寻幽，醉心即是。轩槛高爽，窗户虚邻。纳千顷之汪洋，收四时之烂熳。梧阴匝地，槐株当庭；插柳沿堤，栽梅绕屋。结茅竹里，浚一派之长源；障锦山屏，列千寻之耸翠。虽由人作，宛自天开。刹宇隐环窗，仿佛片图小李；岩峦堆劈石，参差半壁大痴。萧寺可以卜邻，梵音到耳；远峰偏宜借景，秀色堪餐。紫气青霞，鹤声送来枕上；白蘋红蓼，鸥盟同结矶边。看山上个篮舆，问水拖条枑杖。斜飞堞雉,横跨长虹,不羡摩诘辋川,何数季伦金谷。一湾仅于消夏,百亩岂为藏春。养鹿堪游,种鱼可捕。凉亭浮白,冰调竹树风生;暖阁偎红,雪煮炉铛涛沸。渴吻消尽,烦虑开除。夜雨芭蕉,似杂鲛人之泣泪;晓风杨柳,若翻蛮女之纤腰。移竹当窗,分梨为院。溶溶月色,瑟瑟风声,静扰一榻琴书,动涵半轮秋水。清气觉来几席,凡尘顿远襟怀。窗牖无物,随宜合作;栏干信尽,因境而成。制式新翻,裁除旧套;大观不足,小筑允宜。而彼于结园,一、相地,有山林地、城市地、村庄地、郊野地、傍宅地、江湖地;二、立基,有厅堂基、楼阁基、门楼基、书房基、亭榭基、廊房基、假山基;三、屋宇,有堂、斋、室、房、馆、楼、台、阁、亭、榭、轩、厅、廊。"举凡窗牖栏干,悉有图说,衡诸今日图案,无多让也。

我友徐卓呆,从事设计庭园有年,盖学自扶桑,而参以古法,具见巧思者也。庭园之体,凡四十有一,备有图样,蔚为大观。其体如:高明纯一,细密清淡,造化周流,文采清奇,平心和气,天然去饰,丰致天趣,管摄连绵,绮丽深远,写意无穷,会秀储真,幽深玄远,写意雄奇,法度沉着,涵养幽情,静想无碍,沉雄厚壮,连珠不断,雄豪空旷,形容浩然,写真超迈,含蓄悠游,雄伟清健,融化浑成,意中带景,神造自如,雕巧渊永,清细闲雅,检束严整,温柔敦厚,景中含意,高古浑厚,神清安寂,风情耿介,典雅温淳,风景切畅,形制严整,微密闲艳,平易风雅,婉曲委顺,委曲详明。且曾制为模型,于某次盆栽展览会中,作为出品,颇博得社会人士之赞赏。扶桑人于庭园有深切之研究,视为专门之学。予曾见彼邦所印行之庭园照相册,凡公家、私人之庭园,悉留真以供欣赏,且足为研究之需,奈我国无人注意及此而仿行之也。

予足迹不出里闬,各处名园,均未涉足揽胜。游踪所及者,无非吴地诸园林耳。一、遂园,在阊门内,本清巡抚慕天颜所筑,俗称慕家花园,既而归汴人席椿所有,其后毕尚书沅割其半,馀属滇人刘氏,名曰"遂园"。临池有映红轩、绿天深处、容闲堂、琴舫、逍遥、容与诸室。池颇广,植荷多种,春夏间游客络绎也。二、环秀山庄,在黄鹂坊桥之东,即汪氏耕荫义庄也。本为清相国孙补山旧宅,道光中,始归汪氏。叠石曲折,不亚狮林。有问泉、补秋舫等筑,又有飞雪泉,雨时急溜直泻,有似瀑布,尤为奇景。庭植婪尾一,春时花发,殊烂熳云。三、七襄公所,为文徵明旧宅,在宝林寺东文衙里。池多芙蕖,来自潇湘七泽间,珍贵殊常。他如爱莲窝、红鹅馆、乳鱼亭、博雅堂、荷花厅、听雨双声室,皆可驻闲踪也。四、沧浪亭,在盘门内。为广陵王元璙别圃,或云其近戚中吴军节度使孙承祐所作,宋苏舜钦得之,傍水作亭,曰"沧浪"。绍兴时,为韩蕲王所有。由元至明,废为僧舍。明嘉靖间,因其址建韩蕲王祠,释文瑛于大云庵旁复为沧浪亭。清康熙间又建苏公祠，商丘宋荦寻访遗迹，复构亭于山巅，得文徵明隶书"沧浪亭"三字额。咸丰间毁。同治十二年，巡抚张树声重建。近由吴子深修葺，焕然一新矣。右为美术专门学校，前有石坊，额曰"沧浪胜迹"。一池颇广，植荷殆遍，跨以石桥，门面北，额曰"五百名贤祠"。祠之东偏为面水轩，又东为静吟亭，屏门上勒方锜书宋苏舜钦《沧浪亭记》。积石当其前，东西亘数丈，巅有亭，即沧浪亭也，额为俞曲园书。由亭南下，为明道堂，堂之东北，为瑶华境界、见心书屋，与静吟亭通。堂之西南，有小楼一座，曰"看山楼"，中祀二程夫子。下为印心石屋。西为翠玲珑馆，又西为宋苏长史祠，北即五百名贤祠，壁间刻五百名贤像。馀若清香馆、闻妙香室，在西偏，皆临水而筑。其中石刻，有康熙赐吴存礼诗及楹联，乾隆十二年御书《江南潮灾叹》、御题《文徵明小像》，宋苏舜钦《留别王原叔诗》，道光中陶澍《沧浪亭五老图咏》、朱琦《七友图记》、杨铸《论诗图题咏》，欧阳修、归有光记及康熙重修各记。有《沧浪新志》一书，详述沧浪之胜，书乃蒋吟秋继宋牧仲而葺，都若干万言。五、可园，在沧浪亭对门，以梅著名。有博约堂、浩歌亭诸筑。附设图书馆，藏书二十三万馀卷。六、狮子林，在城东北隅神道街，为天如禅师倡道之地。中多奇石，状若狻猊。石洞螺旋，人游其中，迷于往复。倪云林曾绘为图，清时黄氏购之为涉园。今为贝氏有,重加修葺,焕然一新矣。中有修竹谷、玉鉴池、指柏轩、问梅室、卧云室、狮子峰、含晖峰、吐月峰、冰壶井、小飞虹、大石屋、立雪堂等,皆称胜景。山上有大松五,故又名五松园。七、拙政园,在娄门内,明嘉靖时王御史献臣,因元代大宏寺基,治为别墅,文徵明曾为图记,后归里中徐氏。清初海宁陈相国之遴得之,中有连理宝珠山茶,花时缊红可喜,吴梅村有长歌以咏之。后没入官,旋为吴三桂婿王永宁所获。清咸丰间,为太平天国忠王府。入门有巨藤,乃文衡山手植,内有远香堂、南轩、香洲诸胜。香洲悬有吴梅村山茶歌。远香堂北,池中筑屋一,署曰"雪香云蔚"。最高处有劝耕亭、荷风四面亭。园西北沿边皆廊,循廊可至拥翠亭、藕香榭、潇湘一角,后面临水多竹。东部曰"梧竹幽居",曰"绣绮亭",曰"半窗梅影"。枇杷园在园之东南,湖石巧叠,有屋曰"玲珑馆"。其西,即远香堂矣。八、惠荫园,在南石子街,中有桂苑、丛桂山庄,因绕屋俱桂树也。岩洞中潴水,架以石桥,称小林屋。洞上有虹影楼,登之,全境悉在目前。九、怡园,在护龙街尚书里内,为方伯顾紫珊所建。入园有一轩,署"琼岛飞来"四字,盖庭前植有牡丹也。轩东有船室,署曰"舫斋赖有小溪山",其前松林中,有阁曰"松籁",南有碧梧栖凤精舍,东则梅花厅在焉。厅西为遁窟,窟中有室,额曰"旧时月色"。东为岁寒草庐,石笋卓立,披薛缀苔,绝有致。北有拜石轩及坡仙琴馆，因藏东坡琴，故名。旁有石，状如老人听琴然，遂筑室曰"石听琴室"。西北多芍药、修竹、木樨之属，一亭署曰"云外筑婆娑"，亭前为荷池。循池而西，曲折登山，窈然一洞，有石似观音，曰"慈云洞"。洞外植桃，曰"绛霞洞"，皆擅胜。园内壁间石刻，多米书，楹联集前人词句，天衣无缝，盖出主人手笔也。十、留园，在阊门外五福路，为明徐同卿太仆东园故址，昔称花步里。清嘉庆初，刘蓉峰观察建寒碧山庄，俗称刘园。光绪二年，归毗陵盛旭人所有，易名留园，谓可以留游踪也。入门左向，为涵碧山房，署曰"胸次广博天所开"。左舍曰"恰杭"，盖"杭"与"航"通，取少陵"野航恰受两三人"句义也。庭西有石卓立，形似济颠，曰"济颠石"。前临巨池，植以芙蕖，并蓄锦鳞、鸳鸯于其中。池之西北，积石成丘，多桂树，闻木樨香轩立于丛桂间。丘巅有可亭，其阴有半野草堂，东有轩，署曰"清风起分池馆凉"。南有绿荫轩，池之中有亭，署曰"濠濮想"。东为楠木厅，额曰"藏修息游"，庭前叠石，极崷崒有致。厅旁有亭，署曰"佳晴喜雨快雪"，中有灵璧石台，叩之有声。北有屋，署曰"花好月圆人寿"。左有揖峰轩、石林小院。对面之屋，署曰"洞天一碧"。揖峰轩可通东园，巍然立三湖石：中曰"冠云峰"，最高；左曰"岫云峰"，右曰"瑞云峰"，次之。下为冠云台，署曰"安知我不知鱼之乐"。左有冠云亭，皆以冠云峰而擅胜者也。北有楼，署曰

"仙苑停云",壁间嵌云石,俱含画意。偏东一屋,为园主人参禅处。曲折至又一村,旁有屋,署曰"少风波处便为家"。西行至小蓬莱,此处有花房,有蔬圃。过小蓬莱,即为园之西部别有天也。临溪有阁,署曰"活泼泼地",面南处,署曰"梅花月上杨柳风来"。西部之佳胜,在有溪有丘,丘上有亭二,曰"至乐",曰"月榭星台",又署其额曰"其西南诸峰林壑尤美",因一登斯丘,狮岭、灵岩、支硎、天平诸山,无不在望矣。十一、西园,在留园西,戒幢律寺之放生池在焉。门前署曰"西园一角",池为园之最胜处,通以曲桥,池心有亭,额曰"月照潭心"。池中蓄巨鼋,游人辄以饼饵投之,浮波争食,颇有可观。西有轩,绝畅爽。池东为四面厅,宽敞容人憩坐。他如艺圃奇石,亦饶雅致。十二、网师园,在阔家头巷,昔为网师庵,瞿氏治之,庵废而园兴。及瞿氏式微,李香岩代为主人,更名为蘧园,且园居苏子美之沧浪亭东,亦称之为苏邻小筑。及香岩死,为张今颇所有,又易名而为逸园。园之胜有殿春簃,簃栽芍药;有琳琅馆,馆蓄锦鳞。他如濯缨水阁之可挹爽,髯仙诗舫之堪容膝,咸极宛奥回折之妙。而石之攒矗累积,木之纠错苍蠹,更盎然有古意,皆非一朝夕之所能致也。池水之南,有石巍然,刻"槃阿"二字,乃南宋史相国万卷堂前故物,是寻古遗事者之所流连者也。十三、靖园,在虎阜之畔。园不大而洿池叠石,列植交荫,徜徉其间,有足以使人悠然适意者。玲珑馆接水竹居，深虚旷洁，可以憩坐。稍西，一楼高峙，拾级而上，则阜塔巍峨，山庄拥翠，一一呈于目前。下楼而为凝晖堂，堂对艺圃，栽绿樱萘繁。侧户通小径，可陟虎阜。总之，我吴之园林，具有东方之色彩，与海上欧化之园林，不可同日而语也。

国人有一错误点，即园林与居宅划分为二，于是虽有园林，而享受之日少，如是则何必多此一举哉。犹忆巴黎工程学会，倡议居宅占十分之四，庭园占十分之三，又十分之三为室内装修布置。彼邦人士之重视庭园，由此可知。至于庭园间宜栽应时之花，使满目绚烂，四时不断，如梅、瑞香、丁香、杏、牡丹、芍药、兰、桃李、梨、海棠，繁艳于春；月季、绣球、玫瑰、蔷薇、杜鹃、萱花、夹竹桃、榴、合欢、栀子、紫薇、莲、美人蕉、木槿、茉莉、珠兰、玉簪、素馨、晚香玉、凌霄，蕃衍于夏；秋葵、牵牛、凤仙、鸡冠、秋海棠、剪秋罗、金钱、桂、菊、雁来红、芙蓉，点缀于秋；山茶、虎刺、水仙、蜡梅、天竹、象牙红，敷呈于冬。嘉宾莅止，设宴欣赏，庭园之趣，其在斯乎！

(《庭园之趣味》，郑逸梅著，上海园艺事业改进协会丛刊第五种，1947年4月初版)

# 遗 嘱

我自分民国三十六年死,因为向诸友好征求挽联及哀祭文字,得于临死之前,自行展诵,深蒙海内同文,纷投珠玉,情谊恳挚,可知不祥之身,无能之我,尚有人垂爱而具同情之多,则我虽死,亦无憾矣!时序似流,三十六年已告终,而岁月维新,三十七年又复开始,残喘之我,已多延一年,以一之为甚,其可再乎衡之,则三十七年,我死可无疑也,乃撰书遗嘱,以告我儿子鹤。

我自幼失怙,抚我育我者,为祖父锦庭公、祖母刘氏及我母三人。祖母爱我尤甚,我幼随祖母寝宿,直至我十六岁,祖母撄疾逝世,始独占一榻而卧,梦中犹似仍在祖母之侧,及破梦而醒,则空虚乌有,而微风动帷,倍觉凄其,往往为之啜泣。我甫成室,祖父锦庭公又弃养。锦庭公虽经商,却深望我读书有成,我所好书籍,无不一一亲为选购,所以奖励我者备至。锦庭公死,顿少一奖励之人,不但有失荫护而已。既而恋我之母,又复抱病仙逝,从此茕茕孑立,为无父无母、无荫无依、无温煦、无慰藉之人,生人之趣,索然已尽。曾几何时,我垂垂而老,由老而死,而我儿亦抱失怙之痛,所幸者尔母尚存,希我儿善事尔母,尽其孝养。盖尔母嫁得黔娄,百事都乖,失之于夫者,俾得收之于子。我在九泉之下,可以瞑目无憾。

我家既无恒产,我又阘茸无能,碌碌数十年,无一瓦之覆,一垄之植。所传给我儿者,只有旧书数架。陆放翁诗:"万卷古今消永日,一窗昏晓送流年。"此我数十年精神寄托之物,我儿不可不知宝爱之。我早年喜阅说部及各种杂志,故收藏者,以是项书册为多,奈"一·二八"之役,遭劫而散佚,今已残缺不全。年来则节衣缩食,购置各家诗文集。最近则注意掌故,举凡有关掌故之书籍,无不多方罗致。朋友知我癖好如此,乃纷纷投贻。我于床侧设一橱,蓄庋所好之书籍于其中,临睡则抽取一二帙,拥衾观之以为乐。前人有云:"夸人未全贫,堆书尚连屋。世缘已渐忘,爱此犹骨肉。"不啻为我而发,我儿其善体我意可也。

我又癖好书画,然以贫无资力,所有四王、吴、恽,推之上之,宋元大家诸作,只为过眼云烟,未能收为清秘。所有者,仅时贤之册页、楹帖小体而已。此外则折扇约百馀柄,拂暑之馀,兼可把玩,厥数戋戋,亦未能与海内藏扇家比拟也。

名人笺牍，筒篋所蓄，约千馀通，有古人，有时贤，而古人以清末民初占什之七八，明代只文徵明、周天球、屠隆等寥寥数纸。清代之较可贵者，为姚姬传、袁简斋、厉樊榭、沈归愚、王梦楼、张得天、张船山、洪北江、梁山舟、杭世骏、王鸿绪、翁覃溪、张叔未、钱大昕、包世臣、何义门、陈簠斋、翁松禅、潘祖荫、洪文卿数札。以视亡友潘博山所藏者，直为小巫之见大巫。然寒士如我，即此亦已不易，还望我儿珍贮之。

士农工商，士居其首。今则农也、工也、商也，均生活裕如，甚至投机取巧，夤缘而官，于是高车驷马，炫耀于市，惟士则啼饥号寒，艰困备至，大有头童齿豁、竟死何裨之概。我固终身戴破头巾而忝为士，则决不愿其后人再受如此之艰困。但我意不然，士之不为世重，乃干戈扰攘之际之特殊情形，终有承平之一日。及既承平，则知识分子，必能扬眉吐气。况人生于世，所以异于其他动物者，因有学问与意义也。若无学问、意义，则与其他动物奚择哉！彼憒然无所知，惛然无所晓，衣文绣，食膏粱，且以骄人者，在我目光中观之，无非一狗之幸而饲于豪富之家，卧锦茵、饱肉脯而已。我愿我儿之苦之为人，我不愿我儿之乐之为狗，我儿若亦投机取巧，夤缘为官，我当为厉鬼，以击儿头。

我死后，用便衣敛。往往见有特制寿衣者，式样怪异，不古不今，不中不西，不僧不俗，不女不男，最为可憎。我不知死后是否有鬼，万一鬼而有也，则如此一套怪异服装，如何能御之外出！阴阳固一体，自不如便衣之适意而称心也。又我死后，不用僧道，不化纸钱。用僧道，化纸钱，徒然消耗，与我无益。又不必报丧发讣。报丧发讣，乃大人先生、达官巨贾之点缀场面而已。我既非大人先生，又非达官巨贾，无场面可言，无所用其点缀。况亲戚友朋，接阅丧条与讣告，爱我者，未免使之不欢，憎我者，或反揭我之丑而为谈助之资，与我亦无益，无益不如不为。加之开吊设奠，在今物值高涨之时，所费动辄千万，千万筹措不易，不欲以累我儿也。

我生平东涂西抹，小品笔记，凡数百万言，虽无价值可言，然敝帚自珍，亦人之常情，恐兵荒马乱之易于散失也，先后汇交书坊，刊为单行本。已刊者，有《梅瓣》、《游艺集》、《慧心粲齿集》、《茶熟香温录》、《孤芳集》、《浣花嚼雪录》、《羽翠鳞红集》、《逸梅小品正续集》、《小品大观》、《逸梅丛谈》、《玉霄双剑记》、《花果小品》、《瓶笙花影录》、《庭园之趣味》、《人物品藻录》、《淞云闲话》、《小阳秋》、《三十年来之上海正续集》，除《庭园之趣味》、《人物品藻录》、《淞云闲话》、《小阳秋》、《三十年来之上海正续集》，坊间尚可购置外，馀皆绝版为孤本，望我儿一一检存之，不可失。尚在排印中者，有《芳菲小志》、《今月旦》、《味灯漫笔》三种，进行迟迟，将来出版，恐我已不能见及。其他已整理者,有《尺牍丛话》《清娱散记》两种。未整理而散在杂志、报章上者,若汇刊为单本,亦不在十种以下,我儿若能代为辑行,则我地下有知,自当含笑。但辑行谈何容易,只能任之矣。馀无他嘱。

(《永安月刊》第105期,1948年2月出版)

# 沧浪抚碣记

沧浪亭，吴中胜地也，但僻处城南，终年封镝，荒烟阒寂，罕有游踪。今夏亢旱，民牧乃迎香雪海之铜观音临兹以祈雨。于是钿车绣幰，士女连翩，或稽首慈云，或低徊遗迹。余亦于屈原沉江前一日，偶往览胜焉。

入门右折，循曲廊行，雀粪蛛丝，泥垩剥蚀，额有"步碕"二字。过斯则为明道堂，铜观音即供奉于此。像高二三尺，御白缯文缋之围衣，端坐玻璃龛中。两侧有"瑞光普照"、"沛泽流慈"诸御赐牌，而盈盈红粉，列拜满前，盖若辈尤喜与白衣大士结一重香火缘也。柱多联语，余出袖珍册子录其一云："渔笛好同听，羡诸君判牍馀闲，清兴南楼追庾亮；尘缨聊一濯，拟明日刺船径去，遥情沧海契成连。"堂左有月窟门，进则为五百名贤祠，壁嵌碑碣，都百有馀方，悉图先彦状貌，恰符五百之数，涉足至此，自动人景仰之忱也。

阶前隙地，漠泊多竹，然来此结香火缘者，辄剡一二茎叶以归，谓可疗治宿疾。不旬日间，贤祠之竹，遂如牛山之木矣。

逡巡出祠，穿石洞而上陟墪敦。葛藟莃缭中，有白皮松若干株，高寻丈，亦与竹同遭灾厄，干皮既尽，萎偃欲死，余不禁深为君子大夫嗒惋也。时天忽霢霂，亟走入静吟水榭避之。陂塘中扶蕖，方舒翠盖，雨珠激溅，其声瑟瑟然，颇足发人清机。移顷，云阴解驳，余乃于斜晖中赋归去云。

（《最新苏州游览指南》，郑逸梅著，大东书局1930年3月初版）

# 寒山春雨记

寒食前二日,买棹作天池山之游。予与诸学友偕焉,于上津桥登舟,俄而解维舟发。时天忽暝然有雨意,始而廉纤,继而滂沱。偶推篷窗外望,远岫空蒙,几似倪迂画幅,而雨珠激水,千万浮沤,颇饶奇趣。榜人因谓往天池山,须在白马涧上岸,陟坡循麓,尚有一十许里,与其湿屐齿而谒山灵,勿宁折至枫桥,抚古碑而聆钟韵。不得已从之,然兴为之大减。马君乃戏言曰:"天时(时谐为池)不如地利,前彦早有明训。吾侪缓日当作地利山游,且得于人和馆中一谋醉饱。"合座为之喔噱。既而抵桥畔,相率擎盖,趋寒山寺小憩。寺以寒山、拾得而名,当门为一亭,植以御碑,诗不及录。正中为殿宇,佛像庄严,檠膝莲座。有戏摩其足者,王子因出照影机曰:"是可摄之为图,盖急来抱佛脚也。"钟楼在殿后,虽经圮废,然犹拾级可登。钟绝巨,色黟黮,闻已匪故物。曩日之钟,早被扶桑侏儒攫之去矣。偶以莛叩之,铿然作响,且袅袅有馀韵。殿之耳庑,数椽小筑,壁间多拓印之联屏。庭院中杏方着花,烂熳满树,雨丝飘袭,红晕欲流,姹艳不可名状。廊间有唐张继诗碑,碑本为文待诏书,年久漫漶,兹由曲园老人重写之。斯外更有康长素碑一,亦有诗云:"钟声已渡海云东,冷尽寒山古寺风。勿使丰干又饶舌,化人再到不空空。"圣人到处留题,胜迹之幸耶,抑不幸耶?予不得而知之矣。缁流出拾得像求售,某购其一帧,计小银币三枚,临购向人曰:"如是代价,值得否?"王子答之曰:"拾得当然值得。"某为粲齿。时吾侪咸有枵腹忧,遂归舟理膳政。既已,重又放棹,至西园小泊。池畔有桃,诸女侣见之大怿,倚柯留影,大有李谪仙"娇女字平阳,折花倚桃边"之诗意云。

（《最新苏州游览指南》，郑逸梅著，大东书局1930年3月初版）

# 天平参笏记

孟冬之中浣八日,吻爽方盥漱,闻剥啄声,启扉则程子小青也。即驱车同赴金昌阿黛桥之铁路饭店,以觇诸海上俊侣,盖先期函约者。俊侣为天虚我生、瘦鹃、小蝶、慕琴、常觉、筱巢、道邻、春及娴君、翠娜、紫绡诸女史。

盍簪既,佥谋天平之游。论舟值定,嘱榜人为市肴蔬,相偕先逭涵碧庄游焉。红鳞瀺灂,小鸟聒碎,顿觉心神为旷。萦纡亭榭,匆遽历之。至冠云峰,道邻出机以留真,诸子偊俄立,慕琴独尻坐,众目为猴,盖慕琴躁侻趑趄,攀石援木,为状绝肖也。入又一村,笼鹤振翎,有不群之概。瘦鹃戏以独鹤呼之,而鹤振翎如故,乃曰:"独鹤跂訾哉,呼之而竟不应也。"皆咥然笑。领略遍,乃趣阿黛桥下舟,填咽盈船腹,紫梨津润,楛栗皲发。慕琴更出其行坐不离,视为第二生命之百代话匣,转片发声,铿戛为欧乐,继则生旦杂作。小蝶厌闻,强止之,而瘦鹃清谭婵嫣。不觉已达枫桥。小蝶坐鹢首,与翠娜商量画稿,小汀云树,茆舍两三,着笔不多,而已悠然有远意。

午抵栖星桥,榜人谓河渠堙塞,不能再进,遂停桡而系焉。燔炙芬烈,饭以果腹,或乘轻舆,或控骞卫,骈坒循田塍行,曼曼可五里。陂陀起伏,遂舍舆卫而步磴,奈无草屩,踬跖难前,然不肯示弱,仡仡以上。望支硎跰路,废址岿然,咸羡十全老人弃庙堂而栖山林,善乎其游哉。旋至童子门,少憩。惜秋尽,诸枫橚椮,叶早辞柯,委地而黄,否则停车可赏。霜醉似花,不让瀛洲三岛之红樱也。约半里许,长松森萃,则范文正公墓矣。钦迟久之,偶昂首上瞩,崟巍嵂崺,栈齾巉崄,立者、欹者、骋者、驻者、偃者、仰者,忽磔裂,忽攒蹙,忽纚连,如狻猊髶髵,如青龙蚴蟉,如鬼物攫人,如鸾鹤之腾举翱翔,如怒涛之激荡溃涌,不可尽举其状态。而磐石多耸矗,仿佛手笏以朝丹霄,故有"万笏朝天"之号,是天平之绝胜也。更相与披榛莽而上陟,足践黄叶,屑窣有声,转折过石钟鹦鹉石,而抵钵盂泉。小坐山楼,茗解渴吻,味甘洌可口。凭窗遥眺,灵岩、狮岭微笼薄霭,而洓迆圹埌,空廓若无人踪。斯时超然尘埌,辟易俗虑,有终老烟云之想。楼后石隙中,涓涓水溜,洞竹通之,入钵多罗,不溢亦不涸,岁以为常,钵盂泉之得名在此。出而右向,峭壁中断,成羊肠径,踽踽仅容侧身,石以级之,曰"一线梯"。慕琴为导,滑不受趾，几倾堕。瘦鹃因曰："不若是，不足以见名山之胜。犹行文然，尚险而病平衍也。"接踵勃窣上。翠娜御高跟鞋，亦冶步而登。卉木跃蔓，别为清境。道邻又机以收摄之。时促且疲茶，不克跻望湖台，遂联袂相扶而下。蹙蹜更甚，皆涊然汗出。

既而悉下舟，欸乃一声，绿波画破。各肆谭笑间，娴君开奁掠鬓。小蝶攫粉纸以自拭面，强娴君为之执镜。旖旎风光，有非笔墨所能形状。俄船娘谓紫蟹熟，盖小蝶购于市中者，乃持螯而酹醇醨。餔餟毕，尽撤去，出扑克牌为捉乌龟之游戏，喧噱不止。

时已曜灵西匿，渐觉昏黄，而金昌亦至矣。还铁路饭店，眠云留札在，拟宴诸子于眉史林月娥处。晨困小极，未随屐齿，兹以尽地主谊耳。于是笙歌迭侑，流羿飞觞，若玄、转陶亦来会，一一侣介。微醺而散，诸子即长车归扈犊。夫隽游若此，能有几回？恐后惝然如梦，不可追忆也，亟于灯下奋笔以记之。

（《最新苏州游览指南》，郑逸梅著，大东书局1930年3月初版）

# 挹蕖小记

双星渡河前五日,眠云、吟秋约叙小苍别墅。别墅在金狮巷,花木扶疏,别有清趣。卢子茶经、刘伶酒颂,盖脍炙人口久矣。欢谭正洽,闻天忽来。此公诙谐,更添兴趣。眠云更出示新购湘妃竹扇,斑斑红泪,痕迹宛然,值六十金,的是珍物。顷眠云家人遣僮来,云瘦鹃贲临吴门,有电来招。予即与眠云驱车至金昌,握晤于苏州饭店。与瘦鹃同来者,为其夫人凤君暨张云龛伉俪。云龛擅摄影术,造化精微,收罗镜底,亦海上俊流也。时已掌灯,遂理膳政。笑谈杂作,足抒胸臆。十一时许,予偕眠云返枣墅,因来朝相约,作荷花宕之游也。

一昨稍愈,晨起殊晏,略进点心,即赴金昌。雇一汽油艇子,在南新桥下船,机声轧轧,驶行甚速,而清谭婵嫣,佐以瓜仁、梅脯,较诸接席衔杯,更觉迥然有趣。沿青阳地,穿宝带桥,桥为唐刺史王仲舒出带佽助而成，故以为名。长虹卧波，环洞计五十有三，亦吾吴胜景也。过此则蟹舍鱼罾，水云杳霭，顿令吾侪尘嚣中人，为之一清心腑，盖已抵葑门外矣。今夏亢旱，被襫之父，瘁于桔槔。云龛忽指左岸曰："孥稚老叟，健妇壮夫，合力工作，煞是好看。"予因观之曰："如是数辈，大约阖第光临矣。"相与大笑。抵荷花宕，时适亭午，幸有微飔拂袂，未为"汗淋学士"。两岸多白莲，羽衣瑟瑟，翠盖田田。偶忆卢照邻"浮香绕曲岸，圆影覆华池"句，为之低吟久之。奈水浅淳泞，不能通入，否则小舟画桨，容于绿波，四壁俱花，清芬欲醉，则此身离世而上仙矣。泊岸多画舫，金樽白毂，迭侑笙歌。眉史、小双珠、富春楼，瑰艳翩鸿，倾城略貌，尤为此中翘楚，常来此间，抱月飘烟，几似凌波仙子也。村氓以莲为生涯，撷花求售，兼卖莲蓬。瘦鹃戏购若干枚，分贻吾辈。而凤君及云龛夫人，各擘莲芍，以饷檀郎。啖既，又通梗为斗，试吸淡巴菰以为笑乐。

金拟再游黄天荡，不料机具稍损，桨停难前，司机者斡旋之，扳制之，迟久无效，心中闷瞀，不可言状。瘦鹃忽合十向云龛膜拜曰："是当叩求弥勒佛矣。"盖云龛丰硕，略具佛体也。移时机忽动，众咸狂喜，几欲作距跃三百。延时既多，遂罢止黄天荡游，而亟作返棹计。

于胥门登岸，趋小苍别墅，剖瓜解渴，蒸饵充饥。旋又至护龙街怡园，古树虬蟠，假山鬼叠，廊榭错缪，池水汀滢。园不大而纡曲有致，匪胸具邱壑者，曷克位置如此？题联盈壁柱，大都集梦窗词，天衣无缝。瘦鹃走铅以录之，然匆促难遍也。俄而云龛夫人坐池畔，作微睇绵藐态，云龛镜以摄留之。凤君继摄一片，鬓沾花香，裙湿石露，亦殊娴雅可人。领略一周，雇车至新太和酒叙，餍饫既，诸子即理行箧还沪渎。予于灯下援笔记之，亦雪泥鸿爪之意云尔。

(《最新苏州游览指南》，郑逸梅著，大东书局1930年3月初版)

# 吊樱记

樱,蓬莱之名种也。每届花时,举国士女,携榼郊垌,往往饮而醉,醉而婆娑作舞,狂欢竟日,洵韵事也。予亦嗜花若命者,但以云水遐阻,未能一睹其盛为憾。一昨星社会宴于鹤巢(诗人金季鹤居),烟桥、转陶两子,谓青阳地畔,亦栽有异域之樱,又以曾观其花为傲。予闻之忻然生羡,乃于越日午后驱车往赏焉。车循盘门大衢行,触目皆废墟颓垣,曩日之珠楼玉榭,粉窟脂窝,鲜有存者。夫一转瞬间耳,而沧桑之变如此,不觉感慨系之。经三马路,而抵日领事馆。樱花夹道,缤纷映丽,遂停车而徘徊其间。花计数十百株,色白而五出,瓣缘晕轻绛,状殊肖梅,然有梅之妍而无梅之气韵也。初蓓蕾时,亦不着叶,今则花半辞萼,嫩叶微舒,与两子所观一白似雪者,已稍有不同矣。乌虖,春来花事,容易阑珊,予固知花之命之不长也,故迫不及待而来此,犹得一吊夫将悴之花容,临销之香魄,其殆与花有缘欤？归途便访宋蚱蜢墓及汉破虏将军孙坚、吴夫人子讨逆将军策墓,斜阳荒草,亦有令人惏悷憯凄而不能自已云。

(《最新苏州游览指南》,郑逸梅著,大东书局1930年3月初版)

## 赏牡丹记

白莲泾之牡丹,夙有声于吴邑。谷雨后二日,余与二三素侣,挢裳连襼往赏焉。由朱家庄行,绣塍野陌,逶迤修迥。已而流水一湾,粼粼微皱,即白莲泾是。泾涘有培德堂,趋而入,宇舍杳窱,小有园林之胜。而庭园中累石嶙峋,牡丹丛植其中。绕以曲阑,覆以幄幪,盖皆所以护花者也。时花方怒坼,其大盈碗,都数十本。有作魏家紫者,有丹艳妩鸡冠者,有浅绛比美人之飞霞妆者,而以浅绛者为夥。飔来拂之,倾侧不定,宿雨滴沥,石苔为润。对面一厅事,额有四字曰"香国花天"。再进为微波榭,别有牡丹数十本,亦以阑幪护之。而浅绛纷披中,杂以娇黄之杜鹃,益觉绚烂炫目。榭侧停榇,纵横储积。向者桐乡严独鹤履兹,曾有"牡丹花下死"之雅谑,今日思之,犹为失笑。境既遍历,乃相率出门。

积善寺在其左,门前有一联云:"水抱莲泾,一路枫桥人唤渡;

寺藏竹院,三吴梅社客寻诗。"视其款识,荫培老人之手笔也。惜严扃不得游,吾侪遂改道,缘白莲泾,经上津桥而东,俄至永善堂,入而稍憩。是堂亦以牡丹名,有素色含苞似儿拳者,尤称佳种。庑后藤萝翁荟,奇石竦列。有螺谷者,深窈幽旋,谷口屹立一嶂,仿佛螺之具掩盖然,殊有趣致也。时天已垂暮,而余踌躇花前,不忍遽去。昔李义山有"暮烟情态"之诗,不意适于斯际领略之。且牡丹花期綦促,而俗又有"谷雨三朝剪牡丹"之例,蜡蒂筠篮,用饷绅衿。吾侪之来也,却先一日,否则跋涉徒劳,有仅吊空枝之怅惘矣,故为之文以志喜。

(《最新苏州游览指南》,郑逸梅著,大东书局1930年3月初版)

# 酒痕屐齿记

宣父诞之前一日,为星社雅集期。主值者为小青、明道。午后五时,会于吴苑深处爱竹居。晚,同莅大成坊巷之常熟酒楼,计瞻庐、明道、小青、眠云、菊高、佩萸、赓夔、转陶、若玄、逸梅十人。候吟秋不来,折柬招之。烟桥赴梁溪主《苏民报》政,碧波走崇明,半狂执教鞭于南宿州,未与会。

既列座,菊高以其长兄之《烟丝集》分贻星友。集多隽语,而《说海尚友录》更饶趣味,洵绝妙下酒物,胜于《汉书》也。既而行请西施、捉曹操令,席间以赓夔、转陶有女儿气,咸误猜之,笑谑备至。酒酣,小青、赓夔欲赴乐群社之音乐会,先去,未几,诸星亦散。是夜,徐子卓呆、赵子苕狂、施子济群自海上来,寓金阊门外之苏州饭店,盖先期函约,于二十七日之晨,与诸星会者。

二十七日晨,余至温家岸范宅。小青、瞻庐、赓夔、转陶已先至，憩坐鸥夷室。湘帘低亚，树影筛窗，绝宜之著作地也。俄顷，卓呆、茗狂、济群自金阊驱车至，晤谭甚欢。济群游苏频遇雨，独鹤谓为雨星照命，民哀赠以"苏车站镇守使"之尊号。盖其新岁之二日来苏，至站，大雨滂沱，不能出，待一小时，雨不止，懊丧遄返，故有是谑也。是日天晴，济群乃大乐。温家岸迩惠荫园，遂先游焉。既入，园门严扃，小青作势欲开之，吾侪相笑语曰："小青欲一试其侦探手段矣。"然手段虽高，终无奈铁将军何。嘱司阍者以钥启之，复壁曲院，窅窈邃深，而朱桂黝倏，香袭衣袂。有小林屋，叠石岖嵚，晻暧暗暝，森森有寒气。下水潺湑，架窄石于其上，才可容人行。小青蹑蹀为导，众攀援从之，惟茗狂、瞻庐目近视，棱遽不敢进。一再转折，皦如地裂，豁若天开，则出洞矣。时眠云与其堂兄震初及张子定一至，乃同至北街拙政园，园为明嘉靖御史王献臣大弘寺遗址。文徵明有《拙政园图记》，吴梅村有《拙政园山茶歌》，名闻东南久矣。以清畅开旷胜，令人有超然尘俗之表想。循曲桥回廊，游行既遍，乃就座啜茗。卓呆为吴产，园为其旧游地，因述儿时顽劣状，语时滑稽作态，引人发噱。而济群遽起就池唾，卓呆遂笑谓济群曰："尊用痰盂，得毋太大乎？"更哄堂大笑。时已近午，出园，雇车至阿黛桥畔之久华楼，觥罍交错，谈兴更豪。茗狂喜勃兰地，眠云命侍者以进，于是且饮且述其醉史，十分有趣。诸肴既陈，匆促进饭，因尚拟一探虎丘也。卓呆曰："窥虎者，例须向山神叩首。"盖故设辞以诒苕狂、济群。济群亦黠者，曰："是当请卓呆代表。"饭后，眠云有市民公社事，不克同行，特为假某公司之汽艇一，俾迅抵虎丘。小青因隔宿食蟹，体例不适，辞归莳寓。徐皆相率至广济桥下艇，机声轧轧，循城河驶行，两岸野花，淡艳有秋意，亦殊悦目焉。须臾抵麓，舍艇登岸。穿拥翠山庄，径上冷香阁，酌憨憨泉，读名人题联，又指点狮岭、灵岩而观赏之。坐久下阁，遍领其胜。瞰剑池，登千人石，瞻说法台，谒真娘墓，逸兴遄飞，留恋忘返，然塔影斜阳，鸦声嘹戛，游客渐冉冉散，顿觉一片沉寥，不可久留。仍下艇返金阊，时已电火齐明，而管弦爆煜，盈耳欲醉。夜，范氏昆仲尚宴诸子于温家岸，余为俗事累，亟欲归舍，未克奉陪末座，深觉歉仄也。

翌日，卓呆、苕狂、济群乘车还，盖各主海上杂志报章笔政，不能旷日多游耳。

（《最新苏州游览指南》，郑逸梅著，大东书局1930年3月初版）

## 双浮图记

余曩居甫桥西街,去舍百数十武,有双浮图焉。考诸府志,为宋雍熙中王文罕所建。对峙戛云,东西相距只寻丈地耳。浮图俱七级,无阶梯可登,而赭垩剥蚀,甓瓴崩圮,隙罅中茁生杂树,禽羽栖止,嘤呦不绝,几似仙乐嗷咷,发于九天也。每当斜阳西堕,逍遥相羊乎其间,聊以忘世,亦有足乐者。浮图之南,为唐般若寺,以失葺久,榱朽甍折,殿上蛛丝尘网,矮几冷铫,尤觉芜秽不堪。盖缁流尽去,遂为婆者所居云。

(《最新苏州游览指南》,郑逸梅著,大东书局1930年3月初版)

## 可园探梅记

吾吴产梅地,首推邓尉,繁花似海,缀雪生香,春序方初,宜蜡阮屐。然是地去城数十里,往还颇费跋涉,<u>丛脞</u>之愚,固无此清福以餐琼领艳也。不得已而思其次,则有南圃可园,巡檐索笑,堪以慰情。而吟秋、子彝二子,又致意相招,乃于一昨拨冗作半日游焉。升博约堂,与二子把晤,略述别后情况,即引愚登楼,一览藏书之富。盖可园者,亦一琅嬛胜地也。入其中,丹函翠蕴,绨帙缥囊,别类分门,垂签累累。而《图书集成》,都五千馀册,几占邺架之半。绝贵异者,有元版之《宋文鉴》十六本、《春秋属辞》两函。《昭明文选》全帙,书为胡蝶装,古香古色,使人爱不忍释。鉴藻一过,直趋浩歌亭,一赏寒枝芳蕤,以疗愚之饥渴。花有素者,有浅碧者,而以赭色者为多。霞融姑射之面,酒沁寿阳之肌,裂蕾含春,烂漫极矣。虱身其间,不啻当年赵师雄之醉卧罗浮也。子彝善照景术,遂出镜机以试之。且置机捩,能自动不假人手,故得三人骈立而留真。既毕,乃循漪寻铁骨红老梅,夭矫如故,着花三四朵,弥觉酣红馥郁。既而又至对宇沧浪亭一游。亭兀立于蓁茸菲离间,日益颓废。有桃坞居士者,发愿葺治之,兹已焕然一新矣。时暮日西斜,亟辞二子而归。

(《最新苏州游览指南》,郑逸梅著,大东书局1930年3月初版)

# 可园读书记

吴中名胜，首推沧浪亭，登之令人思古追贤，低徊无已。与沧浪亭望衡对宇者曰"可园"，水木明瑟，佳趣盎然。植梅数十百本，尤以铁骨红最为名贵，盖断枝表里俱赭，绝少觏见。惜今非花时，只一二斜柯蹇立于池畔，仿佛美人之乱头粗服，尚未红妆梳洗也。不慧一昨回里，偷半日之闲，与眠云、孔章二子，驱车莅其地，以应吟秋、子彝之招。园中藏书甚多，某名宿长其事，而吟秋、子彝同司编目之职。其编目也，一为种类目录，一为书名目录，一为著者目录。列短橱若干事，排比抽斗，贯以铜梗，诸标识之硬纸片，累累串诸其上，任人翻检，而不虞遗散，法至善也。既而吟秋导入楼室，出示《韵府群玉》，书计廿册，行格疏朗，古色彪弸，书根缮写又绝精妙，为元延祐元年刻，尤为难得。更有《行水金鉴》及《玄妙观志》，咸为世间孤本。《金鉴》述水利綦详，附图又细致，无与伦比。金鹤望前辈见之,爱不忍释,颇以不得价购,引为憾事。《玄妙观志》,计二册,为工楷钞本,记观之掌故及前人咏叹诸什,收罗殆遍,亦为稀有之佳籍。其他明版诸书,缥囊缇帙,充斥四壁,一时难以领略。而海上诸日刊,似《申报》、《时报》、《新闻报》等,编年汇订,自成大观。闻明春尚拟补觅《晶报》等全刊,俾富厥藏。展览一过,出至博约堂,有楼五楹,贮书千万卷,并有宋版者若干部,尤饶古泽。奈司值者适外出,门扃不得一窥其奥,欲饱眼福,当俟诸异日矣。

(《最新苏州游览指南》,郑逸梅著,大东书局1930年3月初版)

## 纪支硎、灵岩之游

驹光好迅速啊,去岁的立夏日,不佞和天笑、瘦鹃及星社诸子同作天平之游,又挟了昌亭、眉史四五辈,酌钵盂之泉,寻莲花之洞,把那清峦秀壑,都薰染了脂香粉气,意兴之盛,得未曾有。而今红了樱桃、青了梅子,又是一年的立夏了。回忆前游,不觉兴为勃发,便约定万青、云荪、兰言女士及诸生徒,蜡屐雇舟,同探支硎、灵岩之胜。

晨七时,在广济桥下船,柔橹声声,历枫桥寒山寺而前往。我们在舱中啖甘蔗,饫甜酿,杂以谈笑,不一会已到了栖星桥。那栖星桥为一小镇,市声尘嚣,喧闹可厌。过镇则浮萍聚藻,绿涨一溪,加之岸旁柯条,跃蔓垂拂,差不多把去路都遮断了。船行其中,似在蔼蔼翠幄间,那是多么有趣啊!

约半小时,即停桡柳岸,这时饭已熟了,鱼羹肉脍也烹调好了,我们便团坐而食。既毕,系踵登岸而行。林麓黝倏,荒葛冒涂,那些村犬,哇哇似欲啮人。行不多远,有穹门黄垣的,就是支硎古刹了。供有观音大士塑像,灵龛宝盖,旃檀氤氲。俗称支硎为观音山,大约即因此而有是名。其右别为一殿,中有一幢,绝高大,下以顽铁为关捩,推之可以旋转。诸生徒见了,便自告奋勇,合力旋推,以加速率。这个顽意儿,好比那海上梨园的大转舞台,那幢中的释迦文佛、迦叶阿难,任人簸弄,兀自低眉不语。据说转了幢必施以香金,可愈头目昏眩之病,这也是僧徒敛钱的一法呢。我们随喜了一回。出刹左折,奇石错立,崖溜玲琮,厥名寒泉。勺饮之,凉沁脾腑,此身几欲仙去。泉旁镌石成文,邑名宿大圜居士书有"支硎道场"四大字。又有吴下寓公李印泉,书有"支硎古为临硎,俗称观音山,又名报恩山,一山四名也"若干字,糅以硃丹,颇觉触目。由此循磴而上,愈行愈高,岖嵚岩崎,蓊葺櫹蠹。有已枯的巨木,葛藤纂挂枝干间,柔条殈叶,欣欣向荣,几令人混视巨木之森然未瘁。岩罅中野蔷薇方发花,离披映带,素艳可人。我们纷纷采撷,或缀之于钮扣,或插诸于帽檐,有的累累赘赘带了许多。香风飘拂,中人欲醒。而嵒石嵯峨,状益诡怪,若虎伏,若龙腾,若鹏之展翅,若厉魅之狰狞噤龀,万象森列,几有入山阴道上目不暇给之慨。岭脊有一屋,断垣荒榛,相传为十全老人南游驻驾之所。

过了这屋,山势便由高而下,御道崎岖,远望有似羊肠一线。到了极低处,山势又由下而高了,原来支硎已尽,已到了天平山。石级崴魁,上陟颇觉汗喘。过童子门,为高义园,长松秀蠹,风来成籁。我们足力有些疲乏了,即在下白云稍憩,见亭壁间乱涂着不知所云的诗句,我们笑读了一回。又在左首发现一幅妙画《春色汉宫》,备极淫亵,这种顽意儿,沾污山灵,未免罪过。有卖凫苴的,吾们买了若干枚解渴,且啖且行。回顾峭蒨青葱间,峰峦复沓,乱石岭峨,不可名状。

途径纡回,约行五六里,始到灵岩。斜坂迤逦,行行止止。土石间茁生稚笋,仿佛掺掺玉指。我们拔了成束,以便带了回去,煮花猪肉以下酒。既而抵最高处,石磴峻滑,非猿攀卉条不克登。我们又斫了一挺直的树枝,权当司的克,俾得支撑扶持。那最高处巨石如砥,上凿有"琴台"两字,相传为昔西施奏琴的地方。旁边有两个孔穴,又传为吴王与西施对弈时,投置棋子的天然器具。但这种传说,恐不足凭信。因这陡绝的琴台,虽我们壮健的男子,尚不易攀登,岂荏弱女子所能胜!这想是后人附会其事,成为艳迹罢了。我们兀立巨石上,东望太湖,烟水迷茫,帆船点点,莫厘、包山屹峙湖中,真好比水晶盘里的两个青螺。

俄而山风飙发,厥声飕飗,虽非龙山,却欲落帽。势既不可留,乃相率而下。时有二女郎,出其轻罗帕子,系以彩丝,以代纸鸢。帕子因风而舞,绝似纸鸢之高举,有趣得很。左折有清水一泓,为浣花池。再左则为灵岩寺。寺乃古馆娃宫故址,浮图岳立,计级七,每级供有石佛。我们进了寺,山僧瀹茗以献,饮之渴顿止。且又苦热,磅礴解衣,借了把大蕉扇来挥着。习习清风,凉生两腋。坐了一回,出寺游览。那左边的山坡上,一石块然,恰对着太湖中的鼋头渚,其状酷肖元绪公,俗因称为乌龟望太湖。又有一石直立,似伟丈夫,其容偏偏然,若有待而失望,俗因称为痴汉等老婆。据父老说,古有一男子,约女来会,不料女届时爽约,男子便僵化为石。这种有味的故事,很足以添游客的兴致。其他尚有许多名迹,什么响屧廊咧,韩王碑咧,香水溪咧,都不及遍领其胜。我们再在寺里喝了一杯茶,即图归计。

循着原径,下了斜坡,惮于越峦逾峰的劳疲,找了个童子来做向导,改由金山麓地而行。那金山为采石之所,附近数百里的石料,大都取给于此。仰望山石,垲垲赪颜,多斧凿的痕迹。过金山浜、茶坞浜的市集,那些山氓聚在小茶寮内赌博,嘶吵喧哗,令人厌恶。行不多远,为天平的东童子门,经了这门,完全为田塍了。时斜阳照墟落,乃竟赴停桡处,及归抵金昌,早已万家灯火,炫眸生缬了。

(《最新苏州游览指南》,郑逸梅著,大东书局1930年3月初版)

# 天池濯足记

苏州的名山,什么虎阜啊,天平啊,支硎啊,都顽得腻了,因想到一个没有去过的所在顽一次。既而知道有个天池山,离城约三十里,很有些儿景迹,于是就把天池做了个清游目的地。但是屡次与友约期而去,总是届时天不做美,雨师阻驾。

今岁重九日,诸学友又约定往游,在上津桥上船。晨间小雨廉纤,兀是焦闷踌躇。不半小时,雨霁日出,我们就决计棹舟前去。到了上津桥,我们雇定的船,已停系在柳阴深处。即有船娘招呼下船,但榜人因市肴没有还来,我们恐一再迟延,曾促不及畅游,嘱船娘先行开船,船缓步疾,榜人可以追及的。船娘也以为然,便解维划波而行。柔橹声声,秋江寥阔,我们城市中人,久锢尘嚣,一到了这种境地,顿觉眼界宽舒,心神怡适。

不一会,经西园戒幢寺,而抵冶芳浜口。这冶芳浜在数十年前,素称艳薮,粉黛如云,户宇栉比,一般裘马王孙,鹜趋而至,缠头浪掷,花海吹笙,确是一个销魂之窟。以视今日之败苇荒潦,相去不啻霄壤。今昔异状,那得不令人感喟呢!将近寒山寺,有一断桥,榜人已追及,船便附岸,俾榜人上登,我们见了,不觉异口同声道:"是真一出《断桥相会》哩。"

到栖星桥,为一市集,乡人大都以编筐笞为生。时已近午了,船娘为我们陈篚数事,料理膳餐。天又潇潇而雨,黝云低罨,山容为改,不多时而又云开雨歇。盖今日的天,和人们的境遇差不多,时塞时通,无从得其端朕。船既转折,境更清旷。两旁的树、岸土被水浸蚀,巨根外露,厥状一似怪兽之头,而垂条着水,拂掠篷窗,玻璃上点点留痕,间以红蓼、白蘋,茈虒可爱,绝妙一幅秋江放棹画本。惜我不能绘临,未免有负佳景了。而野菱纠蔓于蘋蓼间,我们戏把司的克钩摘,得一二枚,剥而唉之,清嫩可口。

又行了若干里,抵白马涧,港汊窄狭,便泊舟上岸。白马涧为一个小镇,镇多茶寮,氓夫据集作摴蒱戏,呼卢喝雉之声不绝。吾国人好赌性成,于此可见一斑。市尽,则又田舍相接,门临溪塘,牧童驱羊叱犊,闲适得很。塍间又伏着一头小橐驼,毛色棕,隆峰长项,别有一种状态。愈行而途径愈僻野了,乃招一村间女郎,许以酬资,作为向导。那女郎年事可十七八,貌尚楚楚,而捷步若飞,我们男子反有望尘莫及之慨,一再请伊缓行,始克相从。此时沿途景物,幽蒨无与伦比。塘水中浮着紫色的萍藻,小鳞瀺灂,时起沤沫。杂树扶疏中,间以一二乌桕,殷红霜叶,晔若春华。杂树也有结着一颗颗的红实的,点缀秋光,益形娇丽。

这样地行了八九里,陂陀起伏,达贺九岭,循磴而上,令人汗喘。约数百步,则穹然一门,和天平的童子门相仿佛。门旁有一巨碑,朱书"天养人"三字。这三字似乎没甚意思,想系俗子所为。据乡人道,三字朱文,从来不加硃髹,色泽垂褪,往往风雨作而红晕如新,神灵奇妙如此。齐东野语,不足凭信。经了这门,向导的女郎道:"往天池山有两条路,一条取道黄牛岭,崎岖得很;一条为平易的蹊径。究从那里而去?"我们想路愈崎岖,境愈奇突,便不辞艰险,由黄牛岭进行。上了黄牛岭,丘陵駚駚,崷崣纚连,或峻谷礜岑,或悬崖诡怪,而山鸟呼鸣,诀厉悄切。到了这儿,四围尽是嶂峦,几疑脱绝尘世。忽而峰回路转,由高而下,路畔一大峦石,如经斧削,厥状颇奇。而山腰石龛相对,中供接引佛,其间有一方池,广约半亩,渟水汀滢。向导女郎道:"这个便是天池了。"我听了大喜,足力也有些疲乏了,便在石旁坐下,脱履濯足,因谓学友道:"濯足天池,比之濯足长江万里流的,虽不及他的豪情,也有他的胜概呢。"池对寂鉴寺,绕以石垣,有门可通。我们进去随喜一番。庭中黄白二桂,繁英秾馥,和旃檀的香,氤氲一片。左有禅斋,数椽小筑,三面凌空。僧人烹了茗荈,请我们在禅斋中憩坐。凭窗高眺,栈齾巉崄中,有崆峒孤亭的巨石,便为莲华峰,我们出摄影机照了一帧。这时天又冥冥而雨,潼瀯蔚荟,风声呼豨,雨滴乱绿,中作清响。我们枯坐听雨,约一小时,雨势稍煞了,向导女郎道:"山气暗昧,阴翳未销,难以待晴,不如趁此雨势稍煞的当儿,下山去吧。"我们听从出寺,因急于下山,致邻近花山的乾隆独木御座,未能前去瞻赏了。匆匆由平易的蹊径而行,草虫嘶咽,一有足声,便戛然而止。两旁多松秧,簇簇葱翠,这是山农种以鬻钱的。行不多远,雨渐渐地大了。回顾丘岚叠嶂,嵝溟郁岪,这时适在圹埌之野,四无遮蔽,过丛树下,塝然风来,柯条间留滴泻堕,点大似拳,不一会,衣履沾濡殆遍了。某学友道:"今天个个湿头(俗称不幸为弗湿头),大吉大利。"引得我们都笑了。

既而抵"天养人"的洞门,循原坡而下,再行三四里,始有村落。我们在农家屋檐下暂躲,榜人也随行,见有卖蕈的,便向他购买。三百青蚨,可购一斤,可谓价廉极了。且山蕈不失真味,尤非城市间物所可比拟。躲了片刻,吽呀村犬,争出狂吠。我们仍冒雨急走,又走了若干里,始到泊舟处,个个和水老鸦一般。入舱解除湿衣,船娘拧来热手巾数把,将头面的淋水揩拭一干,始稍宁适,而腹中有些饥饿了，遂出晨间所备的重阳糕，啗啖一饱。那重阳糕为应时鲜品，或赭或白，或紫或黄，中含糖馅，饥时啖之，更觉甘芳异常，正合了先哲所谓"饥者易为食"了。

船既开放，大雨滂沱，从篷窗中外望，好一派米家泼墨山水图。雨珠如水，沫起回薄，由小而扩大，加之激溅错落，不可名状。水中游鳞，因而大乐，频作泼剌声。翠鸟轻掠水面，绀润碧滑，羽泽綦美。榜人道："翠鸟喜啄鱼，有'鱼虎子'之称。兹闻泼剌声，又将利喙大动了。"我们更促膝作拉杂话。船畜一狸奴，喜昵人。我素爱狸奴的，逗以一索。狸奴戏扑翻腾，厥状绝趣。我对学友道："这真是髦儿戏哩。"（髦谐猫）

达寒山寺，寥戾暮笳，天色渐暝。及到上津桥，岸上电炬，在黑暗中作作生芒。乃雇街车归去，略进晚餐，便倒身而睡，梦寐中犹似此身在烟波浩渺中呢。

（《最新苏州游览指南》，郑逸梅著，大东书局1930年3月初版）

## 西园听雨记

微雨退暑,足音跫然,盖沧浪生自海上归来也。沧浪生与予交莫逆,过从谈文史,终日不倦。饭既,偕往西园。雨愔愔不已,垂绿跃蔓,仿佛新沐。园有池,绝清旷,池中翼然一亭,小桥通之,下蓄鱼介,唼喁沉浮,往往引人驻躅焉。是日游者绝鲜,沉寥寂历,似天故辟斯清境以著我两人者。时雨淅沥更甚,水起浮沤,随灭随起,继而琤琤琮琮作清响。斜风掠低枝,如蜻蜓点水,然而鱼乃大乐,促鲜尺鳞,几欲出水。吾侪屑饵以抛之,于是浮者来,潜者起,争夺唼喋,一若人之希弋利禄而扰攘也。由是观之,则六合之内,何在而匪争夺之场哉。因感而记之。

(《孤芳集》,郑逸梅著,上海益新书社1932年8月初版)

# 靖园窥虎记

七里山塘，颇多胜迹，而李公祠之靖园其一也。谷雨后五日，余于课馀偕云荞往游。入门，便见曲园老人之榜书，盖即园之题名也。园不大，而洿池叠石，列植交荫，徜徉其间，有足以使人悠然意适者，斯亦难得遘止之佳境也矣。池旁山茶，渥丹赫烜，苞坼春风，而有美一人，舒其纤腕，摘琼朵以饰襟扣。余谓云荞曰："是真东方茶花女也。"相与一笑。既而入水竹居，居接春玲珑馆，深虚旷洁，可以憩坐。楹柱有联云："四面云山馀虎气，一池水月伴鸥眠。"园邻虎阜，故联语云云。稍西，一楼高峙，拾级而上，则阜塔巍峨，山庄拥翠，一一呈于目前，似披名人画本。余曰："脱携诗囊酒榼，来此醉吟啸傲，竟岁不涉城市，则是乐虽南面王不与易，奈天之靳畀吾辈以清福何！"下楼而历凝晖堂，堂对艺圃，栽有瀛岛移来之樱花，椴瓣而带浅绿，繁簇争丽，然与余往岁在青阳堤畔所见者不同。据花奴云："花类别綦夥,兹乃绿樱贵种也。"由侧户出园,寻支径而陟虎阜。岩齿中多紫荷花草,仿佛西土之毋忘侬花,厥色绝艳。余戏撷一二茎,缀诸帽檐。乘兴谒真娘墓,瞰第三泉,上五十三参,而登小吴轩。凭栏遐瞩,斜晖挂树杪,人影散乱,山风飒然至,衣袂为寒。余遂与云莽缓步而归,于青山绿水桥间,一吊五人之墓。碎砖蔓藟,且茁若干小枫,想秋霜染叶,绚烂生红,当与义士之斑斑血痕相媲美云。

(《孤芳集》,郑逸梅著,上海益新书社1932年8月初版)

## 观瑞云峰记

吴中多奇石,若狮林之攒蹙、涵碧庄之嶙嶒,凡四方裙屐之来游者,莫不以一瞻其胜为快。然罕有访旧织造署之瑞云峰者。署僻处城南,而又久经圮废,人踵鲜及,故其名乃湮没而不彰。社友蒋子吟秋居近是地,喜徜徉泉石,遂为具道瑞云峰之状。某日,予始偕醉石生往游焉。入署左折而为园。芜榛蔓草,培塿累然。而诸石错立,环拱一池。池中堐埳孤亭,有似中流砥柱者,即瑞云峰也。池荒水涸,可得逼而摩抚之。峰高一丈五六尺,横约四尺馀,色殊黝古,而嵌空玲珑,岈然突出,自远望之,仿佛云气坌溢,缥缈蒙漠,此瑞云峰之所以名欤?夫峰之玲珑,固无逊于狮林之攒蹙、涵碧庄之嶙峋也,然或则彰传遐迩,或则湮没不闻,殆亦有幸不幸耶。

(《孤芳集》,郑逸梅著,上海益新书社1932年8月初版)

# 秋山红树记

余游天平,一而再矣,游辄有记。今秋重九后八日,又偕诸学友买棹以探其胜。山灵无恙,似睹故人。且登峰穷迹,赏叶留踪,更为前次所未领略,余遂不能不有所记述矣。是日晨八时,坌集广济桥下船。船行甚疾,须臾过西园及寒山古刹。十时半许,经栖星桥,榜人为理炊馔,有酒有肴,足以醉饱。饭已,船亦停泊,吾侪相率登岸。阡陌相辗,循之施施行,两旁杂树扶疏,大有渐入佳境之概。约四五里,达山麓。石级坱圠,伛偻汗喘,至童子门小憩,右望支硎,丘陵駊騀,御道曼曼,令人想像当年辇跸之盛不置。过童子门,则巨枫槭蠹,霜叶红酣,有如美人醉靥,吾侪各拾一二插诸襟扣。一再转折,而抵范文正公祠。松老似龙,参天挺拔。子有落地而茁生者,高一二尺,宛宛伍卉草中,殊觉可爱。穿曲桥,入高义园,延眺石笏,岭嶙岣,潼溎蔚荟,为状之奇,有匪丹青手所能写其万一。

园侧有小门，嘱寺僧启之，峰回路转，黝岚巍巍，各以其形态而副以题名，如鹦鹉、石钟之类。既而入兼山阁，瀹钵盂泉以解渴。阁有联语，录其二云："万笏皆从平地起，一峰常插白云中。"又云："尽把好峰藏寺里，不教幽景落人间。"读之几疑吾身不在尘垠也。后又于白云亭畔，或披草坐，或抚碑立，机以留真。又趋一线天而上陟，愈上而境愈诡怪，路愈崄峻，悬崖若坠，巀嶭耆然。垂条婵媛，攀之而升，有裾着荆棘不能脱者，相与大笑。斯时各告奋勇，而余尤称捷足，奈入歧途，嶂岩阻绝，乃亟于石佛龛旁，别寻蹊径。然诸子已先余而造极矣。语云"欲速则不达"，于此益信。据巅四瞩，朦朦坰野，尽在烟云杳霭中。太湖帆影，犹点点可辨，而天风撼树，发作清响。高处不胜寒，遂抢攘而下，几频踬跲。及船解维，天已向晦，云气四合，愔愔微雨，回首邱峦，尽失所在矣。

（《孤芳集》，郑逸梅著，上海益新书社1932年8月初版）

## 游龙寿山房记

自昌亭至虎阜,计七里而强。中有半塘桥焉,桥畔为龙寿山房,藏元僧善继血经,曩与君博曾作一度之游。今年孟夏上浣之三日,复偕云盦往访之。至则双扉严扃,叩款良久,始有一僮竖出而应纳。庭院间略有池石之胜,但芜草不治,难以驻足。左折而为宝经堂,堂对石室,颜以"元僧继公血书华严经龛"十字。旁有一联云:"绿字赤文,烂然千古;金匮石室,藏之名山。"盖吴颖芝老人所题也。住持为启石室门,则赫然一橱,橱中累累,即华严血经是。出椟而展经,每卷辄冠以佛像二三帧,经文悉为正楷,无点画之苟,闻系继公血指谨书,都八十一卷,洵禅林之宝笈也。但字作淡褐色,谅年代久远使然。题识者甚多,如陆凤石、陈夔龙、康长素、吴老缶、朱彊村,咸有咏志。然亦有俗伧妄作解人,而加以恶劣之字若印者,是真所谓佛头着粪者矣,相与惋叹久矣。

(《孤芳集》,郑逸梅著,上海益新书社1932年8月初版)

## 怡园流斝记

金粟如来生日,吾草桥诸学侣设宴于怡园之可自怡斋。盖袁君缵之,方自美利坚费城归,兹特为之洗尘也。

是日与宴者,缵之外,则为选之、子壮、梦良、仲周、斯震、景蘧、不佞七人。

酒醇果香,肉芬鱼美,而缵之为述异邦俗尚,洵为海外奇谈。酒阑,相与穿林樾,步蹊蹬,遍领拜石轩、松籁阁、螺髻亭、慈云洞之胜。而慈云洞中一石突出,未加刻削,天然作观音大士像,髹以金采,其色烂然,此洞之名之所由来欤?亭阁多联语,悉顾紫珊主人集词成之,兹录其一,云:"仙子驾黄虬,玉树悬秋,清梦重游天上;中宵接瑶凤,琼楼宴萼,古香吹下云头。"好句欲仙,诵之溽暑若失。既而还至可自怡斋,凭曲栏,对菡萏,翠盖白花,敷披可爱,且沿漪多松,槮槮森萃,栗鼠两三,腾跃其间,趫捷无与伦比,殊有趣也。斋后植梅数十株,又豢鹤二,清癯入画。而不佞与梅有夙契,昈柯怡颜,不觉为之盘桓久之。

明日遂草此记。

(《孤芳集》,郑逸梅著,上海益新书社1932年8月初版)

## 访蒋圃记

街头巷口，有蒋圃水蜜桃之揭橥焉。揭橥为朱文，副之以画，颇具美观。记者为其所动，径往访之。圃为蒋君所有，在仓街胡相思巷口，占地二十馀亩，遍植以桃，琼实离离，殷红熟绽，凡客临门，出相当代价，可摘实盈筥。丹骨缥肌，液多核小，味埒滋春玉露，而无蟠蛴之病，人因是珍之。得快朵颐者，或比诸天台之刘晨、阮肇也。据云，斯圃本为弃地，蒋君以廉价购得，雇村氓垦治，忽掘得何首乌，形似鳄，计长三四丈。蒋君至今尚藏之。垦既熟，乃栽武陵之花，其出售早水蜜桃也。兹已为第三年，年可获千金。施肥接种，悉仿欧法，故成绩颇不恶，他日或能与奉化水蜜桃、龙华蟠桃争席也。

（《孤芳集》，郑逸梅著，上海益新书社1932年8月初版）

# 天平试马记

枫赤秋深，顿使不佞忆起故乡天平山来，不知今岁的霜叶，怎样的红酣可爱。恰值影戏公司诸同事，往苏摄取《杨贵妃》外景，不佞便欣然偕去。

预雇了一艘汽油艇子，泊在广济桥畔。晨起下船，轧轧前行，过冶芳浜、寒山寺，而抵栖星桥。诸男女演员均在舱中化起装来，红脂素粉，黛笔蜡条，陈列了一案。不多时，一一都化好了。皇帝、贵妃、宦竖、大将，宛然天宝当年。这时船入幽境，翠鸟掠波，青菱纠岸，那一二港汊中更涨满了藻荇，几失了活水的流动力。而绿树交柯，把前路都遮迷了。一会儿到了山麓，艇便停系，隔夜先来的数船，早在那里搬运剑戟刀枪、金盔铁甲，村农坌集来观，甚觉可厌。正检点间，我们所招的一百数十名临时兵卒及战马数十匹，也纷纷地来了。由掌道具的，按人发给一套戎衣并一武器。结束了排次前行，扮大将的上了战马，威风凛凛，奔驰为导，不佞和诸职员，策了蹇卫同往。

到了山上，相地察势，披荆棘，蹈草莱，别寻蹊径于支硎、天平之间，把回崖叠嶂探赏了一番，又回至童子门下。那戎幕旌旗、卫兵甲士，都已预备好了。乃开始把开茉莉摄拍。明皇御玄衮，团龙织锦，跨一骏马。贵妃黄袿霞珮，仪态万方，也乘着一匹马儿随行。其馀如高力士、陈元礼以及诸将士，均控马拥护，脸上俱表现一种惨怛之色，盖已渔阳鼙鼓，惊破霓裳，天子蒙尘，西幸蜀土了。中途六军不发，喧嚷无已。贵妃即由高力士及数卒引至一大树下，宛转卒命。临死时，饰高力士的，以番蜜少许，点于眶颊间，作双泪欲流之状，向贵妃稽首。贵妃蹙黛低鬟，亦极悲怆之致。

这时适有许多倭人结队来游，那樱花娘儿，擎着彩绸的遮日伞，驻其芳躅，并出留真机，欲摄取我们的剧状，被我们阻止始已。马嵬坡既毕，又补摄了些失守边陲等情事。安禄山夺围鏖战，一时刀光人影，淆乱莫辨。这段摄竣，我们因没有进膳，皆有枵腹之忧，虽啖了些面包、饼干，也无济于事，而体既疲困，高义园的赭枫、白云亭的清泉、一线天的奇石、莲花洞的遗迹，都无心绪上去领略。

匆匆地折至停艇处，解维便行，瞬息即抵阊亭，于阿黛桥头某餐馆进食。万家灯火，甚嚣尘上，回首方才之白云松风、苍崖修竹，宛如隔世哩。

（《孤芳集》，郑逸梅著，上海益新书社1932年8月初版）

# 记槎溪葛氏园

槎溪饶园林之胜,如南园、古漪园、葛家园,是南园、古漪园均涉足而揽秀矣。前日曾叩先祖茔域于西张泾,回车过东市,乃作葛家园之游。园为私人之产,虽陁陊失葺,然苔砌藓墙,自有古意。入门右折,抵雪影轩,借以品荈憩息。轩侧植梅数十百本,园主人因取昔人"冲寒有客寻春去,移得晴窗雪影来"句,即以"雪影"二字为榜。惜予来已迟,不得一窥萼绿仙子之颜色。且闻园畦多菊,颇著声誉,则又恨予来之早,千亩芳菲,无从而见傲霜晚节,何缘之悭也。轩绝明畅,耳室亦雅洁,张吴昌硕遗墨花草尺幅,但粗而失诸犷,艳而近于俗,似非缶老真迹,不值识者一哂。傍檐有竹一丛,干色紫,茎枝亦作微赪,而扶疏碧叶,则与寻常筱篁无所别。佛家言:观音居紫竹之林。兹见紫竹,令人作灵山不远之想。回望夭桃一树着花池畔,与紫竹遥相映对,春色秾酣,蔑以加矣。既而陟阜度矼,披草辟径,遍历一周,即匆匆赴列车之驿。市券登车,人殊拥挤。盖际此踏青时节,游侣较多也。车至真茹,有初来沪上者,问人以到沪埠否。驿卒答以"真茹",其人以为"正是",遂携行箧而下,迨知有误,欲再上车,则飙轮疾转,已不及复登。"真茹"误为"正是",本为笑话之一,今竟见诸事实。乘客闻之,无不为之失笑,笑声未止,而楼台灯彩,照耀眼帘,沪埠已至矣。

(《孤芳集》,郑逸梅著,上海益新书社1932年8月初版)

# 游环秀山庄记

余耳环秀山庄名久矣,迄未至其地。孟秋中浣之八日,乃偕二三友侣往访之。庄在黄鹂坊桥之东,与慕家园相对宇,盖汪氏之义庄也。吾侪自侧门入,登一堂,榜以四大字曰"环秀山庄"。堂前邱石攒积,而紫薇一树,花已半瘁,落瓣浮池面,文鳞噞喋,依栏瞩之,颇得静趣。度矼而陟磴,萦旋屈折,崋嵬嵌巇,疑纚连而中断,似屹嶒而相辀,将升而突降,欲左而忽右,迷离惝恍,为境之奇。除倪迂所叠之狮林外,莫能与之比并也。嶂谷深邃,洞屋窈然,涓涓一勺流注于旁。人偶憩息,虽溽暑伊郁而亦憭慄有寒意。余乃笑谓同侪曰:"从兹当远弃尘世,琴床丹灶,永为洞府仙人矣。"既而抵最高处,一亭嶸竖,径通补秋舫。舫敞南甍,小而有雅致,其楹联云:"云树远涵青,遍教十二阑干,波平如镜;山窗浓叠翠,恰受两三人坐,屋小于舟。"洵眼前景也。舫左而地又坱圠,峦壑错缪,崖际承以檐管,俾得泻雷。每逢霢霂,寒泉飞雪,渍涌回薄,厥声淙淙,好奇者往往笠屐以听也。垫多龟介之属,潜泳其间,惊之则匿岏罅中,人不得而探焉。循磴级可登楼,晶牖净几,柯影扶疏,为读书之佳地,惜乎吾侪无此清福以享领之耳。游既遍,亟出而赴青年会,因尚须一览冷红画会之成绩云。

(《孤芳集》,郑逸梅著,上海益新书社1932年8月初版)

## 遂园啸傲记

遂园居金昌门内,吴中胜地也。处暑日,余饭后无事,爰作半日之游。入门,见碧琅玕一丛,自生凉意。竹之畔为琴舫,悬有"半窗依柳岸,一曲谱莲歌"之短联,联制以木,式若槁梧,洵琴舫中之特制点缀物也。廊腰回折,至映红轩。轩临水,池中菡萏,犹有残花,且横亘石梁。梁之西,花色纯白。梁之东,则殷红似日之初升,晔然舒彩。而雏鹅两三,浮游于田田翠盖间,不啻交颈比翼之鸳鸯也。又历诸水榭,而至容闲堂。堂上有献柳敬亭技者,妙语如环,弦曲婉曼。余亦稍觉疲乏,乃憩坐以聆之,令人神为之怡。既而曲终人散,余更攀登丘阜。萦旋而上陟,最高处一亭兀然,据兹下瞰,可以尽览园之景而无所蔽之。其旁则奇石辣列,仿佛虓虎之蹲伏,隼鹫之振翮,龙钟老人之拄杖盘桓,盖随人之想像而变易其态也。小立其间,轻飔拂袂,飘飘欲举,而篁韵松涛,悉成清响,几忘身在城市中也。余聊浪于是园者屡矣,然从未有记,因思林泉胜迹,不可久使埋没焉,乃撰小文以志之。相传园为有清巨宦慕天颜所构治,故至今尚有人称为慕家花园云。

(《孤芳集》,郑逸梅著,上海益新书社1932年8月初版)

# 植园追胜记

吴中园林,大都以缜密杳篠为尚。欲求空豁旷朗,涉之嘘翕清爽者,则舍植园外罕觏也。园在盘门孔庙之侧,有清末季,为中丞程雪楼所辟治。辇土疏泉,疲极人力,逮落成,倾城士女,错踵集止,而于夏日,尤宜品茗荈以当风,挥冰纨而临水。不敏亦常随先王父锦庭公,杖履盘桓,往往留恋不忍遽去。清鼎既革,斯园日就荒废,游者遂绝迹,并齿及而寡俦矣。

今夏小暑前五日,浴罢,初试绤衣,散步城南,偶忆旧游,往访故址。至则园已易名为苗圃,而门扃不得入,询诸人,始知由耳舍通之。舍留一媪,凡入园者,媪必索一名刺,盖司阍之职也。出舍为一陂塘,芙蕖方着华,色妍而素,有薄晕轻绛者,弥可爱,出水一二尺,亭亭似凌波仙子焉。左为长堤,柯叶骈织,不漏日光,彳亍其间,翛然意适。两旁皆水田,秀秧怒苗,蜻蜓款款而飞,绝妙一幅田村夏景图也。堤尽则芫草支蔓,难辨蹊径。野花一白如雪,接叶亭颓然立于其中,而斜阳影里,三五帆鞁玄裳之女学子,展画具以写生,意态闲靓,衣袂飘举。更南行,修篁一丛,窈然沉碧。前有重楼,严闭不可登。景象萧槭,缅怀畴昔之盛,有不觉令人惝恍者。趋而出,便瞻瑞光佛寺浮图。浮图傍城堙,计级七,陊陁垩蚀,相轮亦岁久而隳,然连一索铁,尚牵挂未下。时鸦群噫哑,苍烟勃勃,不敏乃徐步而归,明日记之如此。

(《孤芳集》,郑逸梅著,上海益新书社1932年8月初版)

# 鹤园夜宴记

吴中韩家巷有鹤园焉,具水石之胜,本为洪氏产,沤尹翁曾居之,琴剑书囊,寄其啸傲者二年。厥后是园易主,为庞子蘅裳所有。中秋之夜,星社雅集,遂商之主人,而醉月飞觞也。熏夕,予偕眠云驱车往,则烟桥、闻天、冷月、佩萸、菊高、剑花、纪于,已先据携鹤草堂。继而瞻庐、小青、明道、季鹤、守拙联裾来,计十有四人,一堂济济。摩挲吉金乐石,赏览名画法书,盖陈设之隽洁,有足令人发思古之幽情也。既而遍历其境。池畔一石兀立,镌以朱文曰"掌云"。闻天因谓眠云曰:"巨灵之掌,君当望而却步矣。"眠云为之莞尔。廊腰回折处,隐约见珠帘晶牅,则主人之闺闼,榜以"燕寝凝香与世隔"七字,亦殊饶逸致。俄而臧获以赴宴请,乃相率就座于枕流漱石轩。霞盎牙箸,戤芬鱼美,佐以张公大谷之梨,梁侯乌椑之柿,既快朵颐,复肆雅谑。又行三不对令,欢笑更剧。所谓三不对者,限于五官,例如甲以"目在何处"问,乙即以"目在耳上"对,且随以指指鼻,以颠倒混淆为尚,否则罚以巨觥。然匆遽间,辄易失察也。令毕,议及陶子寒翠加入星社事,予因笑向社友曰:"从兹隆冬不能举行雅集,夫既有冷月,再有寒翠,凛兢慄慄,则虽毳衲驼茸之裘,不能御矣。"瞻庐曰:"毋妨,是可请双热列席以调剂之也。"合座哂然。时素魄流空,精彩自柯条婵媛中漏出,幽静不可名状,座多酒龙,浡浮大白,及踏月归家,已谯楼三鼓矣。

(《孤芳集》,郑逸梅著,上海益新书社1932年8月初版)

# 虎阜瞻幢记

虎阜去郊只七八里,然羁羁尘俗,亦不克常游。忆自岁初探梅后,足迹未涉虎溪者,已春秋代序矣。一昨于金昌亭畔,晤君博、眠云、孔章三子,因述及周梅谷之经幢,遂相偕往瞻之。辚辚车行,倏瞬即至。过短簿祠,门镝不能入。眠云曰:"殆祠神知我侪枵腹而来,故特享以闭门羹乎?"匆历憨憨泉、试剑石、真娘墓、拥翠山庄,而石幢巍然在望矣。幢立于千人石上,高丈许,计级七,周围镌《弥陀经》全部,其下有老缶所篆"周氏所建经幢"六字,馀则费韦斋之幢记也。曾熙、冯煦、方还、金天翮、张丹翁、吴湖帆、任堇叔、天台山农数十隽彦之题名也,皆由梅谷手刻。梅谷固善运铁笔者,夫与梅谷同垂孝思之石幢,在阜者计鼎足而三,一附二仙亭,一傍生公台。惟越年久,而字迹剥蚀难辨,然妆点风景,有足动人低徊焉。时塔影斜阳,游人俱杳,盖已薄暮矣。乃趋冷香阁而登之,阁中悬翁印若先生之虎阜图，图绝巨，笔意超脱，似宋元人之所为。今夏，先生归道山，则此遗幅弥可贵也。依窗憩坐，且又苦渴，饮荈茗以解之，而当炉者为一娟好之女郎，举止亦闲靓可喜。予曰："是卓文君再世也。"君博曰："然则子为重生之司马相如矣。"予以不克胜为让，相与大笑。举目远瞩，众山如拱揖于前。嶙峋者，灵岩也；突兀者，狮岭也；嵌巇屹嵼者，天平、支硎也。而渎迤平原，苍烟勃勃，村舍林樾，悉为笼孕，翳蔽暧昧之状，有非昼日炯晃中所得而领略者。坐既久，乃出而访第三泉，崖石洼然，澶湎砗矶，为今岁新疏引者，厥水清洌，可比之于中泠惠泉者也。游至此，夜气幽穆，不能再留，遂驱原车而还。

(《孤芳集》，郑逸梅著，上海益新书社1932年8月初版)

## 游濂溪别墅记

金昌亭畔,有濂溪别墅焉。别墅为周姓产,占地若干亩,有水木清华之胜。予于一昨偶偕杨君往访之。入门,循文廊行,有精室数楹,壁悬玉屏,案陈古盎,并有吴昌硕、左孝同、王一亭诸名公题额,盖主人之所居也。园之布置,前密而后疏,密则奇石耸叠,疏则细草平铺。中洿一大池,微飔吹来,水沦漪作皱纹。吾侪凭榭闲瞩,而白鹅三两,浴波刷羽,颇得游潜之乐,令人对之悠然而意远也。池畔多蟠桃,结实离离,尚未熟绽,脱迟一二月者,当可举行蟠桃胜会矣。后为一大花房,覆以玻璃,即四壁亦以玻璃为之,晶莹朗澈,适于养花。花乃欧种,大都不知其名,色尽为赤,或浅绛,或秾红,或绯而间白,或艳而微黄,其状萦媚,正似十七年华之妙女郎也。吾侪遍行一周,深叹主人构斯,非胸无邱壑者。惜乎门临大衢,有飙轮驰逐声之足以扰耳,为可厌云。

(《孤芳集》,郑逸梅著,上海益新书社1932年8月初版)

# 上方之游

久居吴门,没有玩过上方山,及至今日,飘泊江头,却得偷闲回里,试屐登临。于兹可知吾人虽一游一息之微,此中也有机缘,颇足耐人思索寻味哩。

中秋节届,人月双圆,不佞也动故园松菊之念,且乘着公司同人来苏摄取外景,遂于先一日径赋归来。团圞节之晨,盥胰漱粉毕,便雇车至阊亭,访但君杜宇于苏州饭店,盖先期约定者。至则杜宇及诸职演员均在,乃买一舟,同赴上方、石湖之间,一探幽胜。

八时解维,由胥溪而行,一路蘋藻拂堤,蓼茞披岸,横塘妾住,十里波平,在在足以快适吾人之襟抱。十一时许,到行春桥。那桥为九环洞,过桥便为石湖。天澄照碧,日动浮金,极溟涬渺湎之致。我们的船,在湖边榆柳丛中停系着。柯叶低垂,篷窗罨绿。诸同事常就公司中所布之华清池学泅泳,深苦方丈渟潢,不克展发身手,一旦莅此水乡泽国，不觉大喜欲狂，亟御浴衣，纷纷投水。初尚扶舷，不敢遽离，继而联臂激荡，浮至波心，一时白浪生花，急湍作响，倒也很有趣味。不佞等数人坐在鹢首，啖剥红菱，听得岸旁莽苇乱草中，蟋蟀凄咽。云杰古君好弄似顽童，即腾身上岸，翻砖掘土，搜寻了片刻，竟被他获到四五个。把茄立克烟罐权充瓦盎，一古拢儿置在罐中，且撷蟋蟀草一二茎，引其怒吻。果不多时，虫儿互相斗杀起来，胜的瞿瞿骄鸣，负的一跃遁去，和军阀下野一般。我们笑看了一回，泅泳的也倦乏了，登船易去湿衣，一同午饭。蛋羹、肉脍、豆荚、虾仁，既饱啖了，我们联裾登山，由驴夫阿三为导。

这时游人络绎，路上设着许多摊儿，售卖糖果。因香汛在即，所以倍形热闹。前行转折，篁树蒙笼，愈行而愈幽邃。四围俱绿，衣袂为之易色。间有一二野葩，赭瓣垂须，烂发于道左，也足以妆点秋容。那蝉儿曳着残声，别成韵调。这时我们觉得热了，解衣磅礴，在石凳上憩坐，见坡麓间镌有"楞伽"二大字。楞伽为上方别名，乃李印泉所书。印泉年来为吴下寓公，访古探胜，兴正不浅，且喜留迹岩壑，书以渥丹。此老名心太重，未免为盛德之累咧。坐了一回，再行上陟。不佞穿了一双白麂皮鞋，足茧生痛，奈一时又购不到草蹻，只得忍痛蹇步，幸而此山较天平、支硎为平易。而阿三在旁指点崖树，谓海上某影片公司日前曾来摄影，孰为控马驰骋处，孰为匿身避盗处，言之历历。杜宇亦在在注意，以备摄取为银幕之用。忽睹一老叟，席地而坐，编制花篮，式殊玲珑，二春见之而喜，买其一个，代价为小银币二。据云，乃金银花藤所编制的。二春又于藁篠纤草中，搜采杂卉，以实新篮，色斓斑可观。而篠草中多螽斯、蚱蜢、螳螂等虫，飞跃绝迅，云杰以软鞭挥击之，一一就捕，偶不小心，被螳螂肢镰所袭，血指淙淙，然不以是而罢止，捕捉益奋。计若干只，亦置诸篮中。

既而到了山巅，觑巫环塔作呓祷，厥状可笑。塔七级，中为神龛，供五通，有清名吏汤斌，曾一度毁之，今已为重塑的偶像了。一般穷措大，穷昏了心，往往向神借债。八月十八日，为神诞期，穷措大躬诣神前，虔诚求一签诀，借款若干，何代清偿，须于求签时默叩，及签出，有允有不允，允者便算遂愿，从此无论懋迁、游宦及其他种种事业，莫不一帆风顺，囊橐充盈。而年年是日，必以烛、香、纸元宝献神，纸元宝按年递加，终其身而继之以子孙，不能或替。其荒诞有如此，深愿当局出示厉禁，扫尽妖氛，使名山胜地，不留些儿污点，那么汤斌在天之灵也当色然而喜咧。我们在山巅远眺，阡陌相辀，城郭如绣，而天平、灵岩等山，巍巍竞峙。杜宇出机摄取若干帧，遂一同下山。那些村妪，沿途乞钱，一妪欲向我们求乞，别一妪阻止伊说："这些人是卖外国糖的，不肯施舍，莫多饶舌。"实在我们不衫不履，不中不西，又多挟着机件箱箧，无怪村妪要认为卖外国糖的了。及抵山麓，饰杨贵妃之贺女士已妆成迎上来。翠珮云翘，粉装玉琢，想囊年太真妃子，当亦不过尔尔。奈相地未妥，不能开摄，且时候也不早了，同下船舱憩坐。口颇苦渴，得茗作牛饮，其味之佳，胜于琼浆玉液。五时到新闻门，在南新桥上岸，不佞即辞别进城。

越二日，六时起身，收拾了应带的物件，拟乘长车赴沪。到了阿黛桥，便往苏州饭店，一探诸同事回申没有。不料到了那儿，诸同事正在进唊早点，杜宇谓已雇定普益汽油艇，再往楞伽、灵岩之间择地摄影，仍邀不佞同去。八时开船，到了胥门，沿枣墅行。是日为上方香汛最盛之期，一般愚夫妇，络绎进香，有的乘船，有的步行，元宝、香烛，累累负戴，从横塘直到石湖，香船几乎绵亘不断。那行春桥畔，更热闹得了不得，村氓驾着船，钲鼓喧阗，耍拳使棒，用以媚神，那种伧俗状态，令人作噁。其他大小画舫，和星罗棋布一般。婵娟艳饰，卫鬓楚腰，尤足以引起浪蜂游蝶。有的是夜宿船中，玩赏串月。据父老云，明月初上，映行春桥，洞影如串，亦为吴中佳景。昔人有《忆江南》词："苏州好，串月看长桥。桥畔重重湖面阔，月光片片挂轮高。此夜爱吹箫。"便是咏这个顽意儿。我们也上岸赶一回热闹。沿麓摊儿设得密层层的，还有许多临时神庙。那神庙简单得很，可以随时搭卸，备一小木偶，借得香火资，也是村氓投机事业之一。举首瞻望山上的人，不知万几。忆得昔贤有"游人似带束山腰"句，这不啻是今日的写真。杜宇又摄了许多片儿，权充《杨贵妃》剧中胡奴变叛为鼙鼓所惊的难民。好得豆人寸马，服装之今昔，瞧不出来。摄后陟磴上升，肩摩踵接，挤挤攘攘，间有一二穿赭衣的，饰犯人模样，而巫觋乘着舆儿，佯作颠狂，算是菩萨附身。有的竟从山上直滚下来，跌得七死八活，这真荒谬极了。秋阳骄灼，衣为汗湿，且遍山焚着元宝、纸帛，火光熊熊，逼人难受。我们急忙跑下，腹中有些饿了，买了些山农所制的赤糖糕来充饥。

开船行一二里，为石湖之最佳胜处。清澜澄浚，菰芦萧疏。杜宇嘱船停泊，别雇一帆船，傍岸待用。周君鸿泉化装为肥胡，登帆船远飏，云杰饰一将带戎卒紧追，及禄山登船，乃弯弓发矢，状很雄壮可观。不佞那时闲着没事，坐在船头临流濯足，快适无比。约逾半小时，继续开船前进。午抵木渎，过敌楼，入香溪。相传西施曾在该溪中浣手，浣后一水俱香，遂有是名，洵属千秋艳迹咧。既至市集，我们上岸，在某馆中进膳，一醋鱼味绝隽美，为之加餐。饭罢便作归计，致灵岩山上的琴台、响廊和严家羡园，都没有馀暇前去领略。船至半途，见有断墉古柱的遗迹，贺女士即环珮结束，化身为妃子,在一大树下宛转缳首,委地花钿,无人收拾,盖为马嵬坡之末幕了。玉环既死,我们也像随着君王的六军,即行出发,过上方山下,那些香船早已返棹,顿觉湖水湖烟,清寥可爱。晚间六时到金昌,不佞是夜便宿在旅馆中。

明晨和诸同事进城,饭后乘车赴沪,目病了若干天,始稍瘥可,乃追写游踪如此。

(《孤芳集》,郑逸梅著,上海益新书社1932年8月初版)

# 莲宕之游

程瞻庐老先生,偷偷摸摸的,把大衍之庆瞒过了。但是我们几位星宿,心不甘服,提议补祝,议决下来,乃有水燉寿星的举动。那水燉寿星是怎样办法呢?就是我们合了份儿,请寿星船游荷花宕一次。坐船本有"隔水燉"的别名,凡属吴侬,大都知道这个谜儿。旅食沪滨的几位同志,先后得讯,在下也有吟秋、眠云的来札,详示一切。即于先一日午车返苏,行箧安置,便到观前吴苑茶居,找寻一二星宿。不料到了那里,诸星毕集,又有包天笑、严独鹤,也特地来苏参加盛会。既而烟桥、眠云,设宴城中饭店,相与赴宴。烟桥坚请独鹤点菜,独鹤客气不肯,烟桥便问天笑道:"包公知道独鹤的口胃么?"天笑道:"他喜唊蛇。"我们都为之惊讶。天笑道:"他既是一只鹤,自然喜唊毒蛇,有什么希罕呢。"博得哄堂大笑。是晚,在下尚有些儿俗事,未能终席,先行告辞。

十二日，晨起绝早，盥漱毕，略进点心，便雇车出葑门。那船停在葑溪接官亭，车夫既不认识，在下也没有到过，一再问讯，始得绕道寻到，这大约是在下没有做官的资格，所以接官亭不易寻觅了。既登船，寿星和明道已先在，不一会，吟秋、菊高、佩萸、烟桥、小青、转陶、眠云、碧波、君博、天笑、红蕉、独鹤、赓夔、梦梅、若玄、次范、剑花、庚虞诸子，相继莅止。时已九时许，奈以待候季鹤，未能开船。不料虚待半小时，而季鹤竟不果来。我们咸向独鹤道："幸而季鹤不到，否则鹤而有偶，君之雅署独鹤，恐有取销之虞咧。"将近十时，始解维开放。那船绝巨，是夏桂林的，彩镫画鹢，和小双珠、富春楼的舫儿不相上下。中有两额，一为"初日芙蓉"，一为"夕阳箫鼓"，尚觉雅致。他们几位喜雀叙的，便移开双桌，大闹其五万八索。小青更带了许多诗谜条儿来，作推敲之戏，不足，则请寿星临时赶撰若干则无古本对照的谜条，以承其乏。

在下和君博、吟秋、眠云，却没有入局，躲在后舱中榻上闲谈，倒也很有兴趣。未几，榜人蒸熟了几盘饼饵，热腾腾地送来，让我们先充饥肠。这种饼饵，或甘芳，或腴美，入口即化，是船上特制的，和市间所售的迥不相同。食罢，他们继续顽那诗谜、雀牌，我们几个人，索性在芬若之枕、荃兰之席上，实行卧游，好不快适。及午，船抵百吉桥，船身过巨，桥洞难进，没奈何，便在此停系了。我们都是瞻赏六郎颜色而来的,到了这儿,却仿佛一同犯了色情狂的病症,欲亲香泽,急不能耐,但这儿距荷花宕尚差一二里路程,苦无长房缩地术,只能在菰蒲丛中,欣对着一二翠盖,聊以慰情罢了。独鹤至此,怨怼着说道:"原来你们苏州的景儿,是可望而不可即的,上当上当,憾事憾事。"后来我们想出法儿来,嘱农家小儿女去撷花,每朵给钱五十文。小儿女大告奋勇,纷纷挟花求售,且大都裸着体儿,表演其曲线、直线之美。花以轻红的为多,间有素色的,缟袂霞裾,嫩苞未坼,的是可爱。继而挟花求售的,愈聚愈众,有的竟凫水而来,将花儿、叶儿、莲蓬儿,驮在背上,分波划水,煞是好看。

我们买了许多花朵,载在船上,尤以红蕉、眠云所买为最夥,清芬散溢,心脾为怡。据眠云道:"游荷花宕,最盛在七八月间,如小双珠、富春楼的船,自孟秋朔日起,至仲秋十有八日止,没有一天不开放来此,谓之出厂。这时珠鬟玉笑,一水俱香,弦管嗷嘈,魂迷歌扇。可惜我们游非其时,不能领略此种旖旎风光了。"当买花时,榜人忙着设席,牙箸银盘,瓜仁果品,一一安排妥贴。我们就分据两圆桌,各为口腹之谋,右胾左肴,先鼎后鼒,无不具有至味。酒数巡,乃同献一卮于寿星,隔座也如法泡制,把许多小卮中的酒,合注在一大玻璃杯中,由转陶送来。转陶适穿着白纱的衫儿,在下便道:"这真是白衣送酒哩。"寿星为之莞尔。这时火伞当空,赤帝行令,我们坐着喝酒,汗沉下淋,连绤绤之衣都濡湿了,既醉且饱,又纷纷离座,在船头上当风小立,饮汽水、剥荸荠,借以舒畅襟怀。水中多寸鳞,潋潋而游,令人作鱼乐之羡。远望上方、七子诸山,峰峦似画,而柳烟漠漠,云水成乡,此种清趣,不知几生修到,始得常来享受呢。小立觉倦,归舱憩坐,顿时炎燂腾炽,仿佛身处洪炉。而嘒嘒蝉吟,益增烦热。若玄体质素弱,便因而中暑发痧,一时人丹、春露,调和杂进。好得梦梅擅岐黄术,即为临时之医师。忙了一阵,若玄始稍觉清爽,仰卧在藤榻上,闭目养神。我们方放下了一半的心,嘱榜人速即开船回去。

经杏秀桥,桥堍有亭,厥名慧云,盖此为数年前事。其时美利坚孟罗博士来吴参观兵工教育,由毛杏秀女士引导。不料车到这里,桥圮车覆,女士即随流水以俱逝。故特造杏秀桥,并建慧云亭于其旁,用以为永久的纪念(慧云为女士芳字)。从此吴中掌故又多添一个了。船过青阳堤而抵盘门,吟秋急欲进城,若玄也由梦梅扶掖登岸,雇车还去。在下便道:"律师失其保障能力(若玄兼律师职),反受医师的保障了,神圣哉医师。"一座皆笑。

四时许,船到胥溪停止,在下和天笑、明道、眠云、君博离船上岸,至枣墅小憩,即行归寓。闻他们后来尚挑灯夜战,至更阑始散,是真可谓一时豪兴了。

(《孤芳集》,郑逸梅著,上海益新书社1932年8月初版)

## 神仙庙纪游

旧历四月十四日，为吕纯阳诞期。吴侬多迷信，往往于先日之夜，蒻千年蒀之叶，散掷途间，俾仙人尘游，得践履以纳福也。十四日，桃花坞之吕祖庙，如云士女，熙往攘来，谓之轧神仙。而治岐黄者，更必来庙拈香，成为习俗。不佞于午后二时许，曾往一瞻其盛况。吕祖庙，一名福济观，入门，人殊拥挤。殿前百摊杂陈，又有戏法、口技、西洋镜种种玩艺，几似海上之城隍庙而尤热闹焉。吕祖塑像，列于龛中，香烟缭绕，难辨面目。两庑别有甲胄佩剑之武神，不能举其名，然亦有膜拜焚香者，盖得吕祖之馀惠也。巡览一周，热不可耐，乃即出庙。而下塘街一带，多卖龟者，龟置于竹篓中，或大于碗，或小如钱，称之为神仙龟，人亦以神仙之嘉名而乐购之。此外更有草木本之花树，弹葩垂叶，都数百千种。暨泥捏之济颠、关圣，模特儿式之蚌壳精，悉以求售，无不利市三倍云。

（《孤芳集》，郑逸梅著，上海益新书社1932年8月初版）

# 周庙观玉记

周宣灵王庙,在金昌门内之天库前。旧历九月十四日,为王诞期。庙为玉业公所所建,故逢王之诞日,玉业中人,必醵饮罗百戏,且陈玉玩以媚悦于神灵。是日记者适酬应寿事于庙之左近,午后,偕二三友侣往观之。入门,钲鼓声喧,旌旆灿丽。有宽袍博带、金面俨然而高坐者,即周宣灵王。是时诸玉人竞作抟蒲之戏,吾国人之好赌,于此可见一斑。转折而至善宝堂,则巨案纵列,除供硕大之香橼、木瓜、佛手外,悉为盅盉、钟鼎诸皿,皿成以古黝之铜。此外更有雨过天青色之浅碟,计十有六。碟各置古玩二事,玛瑙之虬、翡翠之驹、玼霞之猴、珊瑚之蠸鼩、脂玉之佛像,或蟠曲,或腾骧,或蹲踞,或缩伏,或挺然而立,玲珑透剔,疑非人力所得瑳琢也。而白屏红罂、紫环黄爵,又得如干数,色泽之美润,蔑以加矣。其他别有一碧玉之蛙,长逾二尺,块然无痕。玉钵中龙爪擎一大晶球,莹澈照人,亦为珍物。游览一周,乃退而记之,并录其堂联一则,以为是记之殿。其联云:"斯民归谓之王,卅六年菽水承欢,群钦天爵;君子比德于玉,数百载圭璋令望,永庇人寰。"

(《孤芳集》,郑逸梅著,上海益新书社1932年8月初版)

# 留园兰会记

留园为金昌胜地,花朝之期,特开名兰之会。午后四时,不敏偕眠云、震初二子,驱车往赏焉。兰设于冠云峰畔之厅事,计四巨案,列兰殆盈,各支以红木之文架,参错有致,盆上皆黏以书签印章,盖护兰主人之标记也。花皆名种,如玉梅、蔡梅、小打、荷瓣、翠苔、绿英、元吉梅、春程梅、贺神梅、天兴梅、张荷素、文团素等,咸饶雅韵。有五瓣者,有三瓣者;有孤芳者,有双秀者;或柔或挺,或腴或瘦;蕊或赭而卷,心或素而舒,洵大观也。时游女似云,脂香粉气,氤氲欲醉,于是花之幽芬,反为所夺。而冠云峰之左侧,有红兰一树,花绝茂艳,来游者往往嘱园丁撷一二株,带将春色,始赋归来云。

涵碧庄之名兰,前已述之矣。兹又于夏历三月二十日至二十二日,续开蕙兰之会,不敏乃于二十二日之午后往赏焉。兰仍敷陈于冠云峰畔，计六大案，都五十有八盆。在厅事者为旧本；在阶前者为今岁新茁之花，插以金彩，号以状元，盖所以宠之也。有小荡、大陈、华字、程梅、衢梅诸名色，盆上钤有怡园、隐梅庵、琼华馆、浣花室、桃坞贝、东海徐之图印者，咸护花主人也。而尤以东海徐者居首列，双枝挺秀，风韵天然，自有一种卓荦不群之概。其馀有瘠若腊枯者，有腴比玉润者，或密英以艳蕊，或疏朵以素心，而要皆以细杆扶直之，即覆泥纤草，亦茸茸具妙致，于斯可知主人培治之周至矣。是日来赏者，以女流为多，燕燕莺莺，浓妆淡抹，花香人气，两以氤氲。时峰侧孔雀，忽妒艳而挺翅，晔然舒彩，似张锦屏，约五分钟，乃渐敛合，洵奇观也。未几，赵子眠云来，既而又觌屠子守拙，遂据云飞亭以叙谭，略进茶点，至日昃，始各驱车归家。

（《孤芳集》，郑逸梅著，上海益新书社1932年8月初版）

## 惠荫园赏桂记

惠荫园以桂著,当着花时,氤氲金粟,林壑俱香。中秋前一日,眠云、慕莲两子,过我荒止而约往游焉。园中有桂苑,有丛桂山庄,绕屋植桂,偃蹇连踡,高三四寻,繁英细簇,虽竭目力而不得见,更疑天香自云外飘来也。慕莲大乐,予曰:"子慕莲而今忽慕桂,脱濂溪翁有知,当起而叱斥矣。"慕莲为之莞尔。既而入小林屋,岩洞窈然,潆水澶湉,曲折架以石梁,梁殊窄狭,才可踽步,而奇柱下垂,几及人肩,拊壁以行,愈行而愈暧昧,其极也则又谽呀豁闢而出洞矣。慕莲以桄导自任,俄顷,笑欤声已在洞外。予与眠云咸不中道而废,因忆往岁偕卓呆、苕狂、济群、小青来游,相率作入穴探骊之戏,何勇于前而怯于后,并予亦无以自解也。洞上为虹隐楼,登之复室回廊,备极纡杳。闻人云,昔为男女幽会之所,莺粉燕脂,不乏艳迹,殆或然欤?游之后十日,追而记之如此。

(《孤芳集》,郑逸梅著,上海益新书社1932年8月初版)

# 拙政园赏蕖记

拙政园芙蕖早着花，然惮于溽暑，科头跣足，不敢行动。今日向明起，觉殊凉爽，乃驱车至城北往游焉。入门左折，憩坐水榭，品清茗，对芙蕖，花俱绛色，亭亭然高四五尺，几可凭栏而撷取也。尤可爱者，翠盖露珠匀圆溜泻，有似柏梁铜柱仙人掌，苟得勺而饮之，当可一傲汉武当年矣。静观自得，不觉移晷，乃度小桥，历清华阁、月香亭，而至香洲。洲临水，设制若画舫，屏镌南皮张枢书吴梅村山茶诗，殊典丽可诵，惜乎宝珠名种已菀折，徒留此祭酒诗以点缀耳。再前行为藕香榭，乍见二三丽人，御浅黄旗衫，在此照影，雅韵欲流，秾芬四溢，一如与花斗艳者。由是而西，则柳阴路曲，邱石邃古，而一亭翼然，颜为"倚虹"，念及故词人毕子几庵，为之腹痛靡已。既而登远香堂，堂弘畅轩豁，联语盈壁，而以张之万一联"曲水崇山，雅集逾狮林虎阜；莳花种竹，风流继文画吴诗"最为短隽得体。时游客已满座,予不耐喧闹,乃亟出园。旁庑之庭,有紫藤一架,干粗合抱,蛇蟠虬曲,瘿赘累累,支以铁柱,覆荫可数屋,浭阳端方为立一碑"文衡山先生手植藤",盖数百年之古物矣。归而为之记。

(《孤芳集》,郑逸梅著,上海益新书社1932年8月初版)

# 狮林赏菊记

城北狮子林，元天如禅师倡道之地，而胜朝黄氏涉园之故址也。但荒替日久，石颓池涸，几乎为丘墟矣。绅耆贝氏遂购而治之，经营易岁，规模始具。尝与闺人寿梅偕吟秋暨碧筠夫人同游。车抵其地，门扃不得入，乃绕道前巷而涉胜焉。敞南荣为厅事，妆点綦丽，棐几檀案，列置井然，盖主人张饮宾从处也，而奇石环拱，有似屏蔽。度小矼，入岩洞，黝冥杳篠，高低回折，令人迷于往复。倪迂之构作，洵匪凡手所得而比拟也。既而循磴上陟，据高四瞩，诸峰突怒偃蹇，历历在目，或似狻猊，或似虓虎，或似丹山凤，或似巫峡猿，或似朝士执圭，或似老人拄杖。而巍然特兀者，则仿佛醉酒之李青莲，而伸足使高阉宦脱靴，妙具神态，尤为群石中之杰出者。几经曲折，出嵁岩而履坦地，不数十武，得一池，水殊莹洁，广可亩许，石舫俨然，泊止其中，吾人登之，欲作浮家泛宅想矣。岸旁陇坡,植菊若干丛,着花正盛,紫英赭蕊,郁郁菲菲。碧筠、寿梅咸爱花若命者,相与平章瞻赏久之。舫对一榭,飞翠流丹,觚棱浮动,榜以"真趣"二字,乃十全老人之御题也。榭过而为斋轩,亦皆赢镂雕琢,金碧繁饰,有失质朴萧澹之致,予无取焉。归而记之以留鸿雪,且借示吟秋夫妇云。

(《孤芳集》,郑逸梅著,上海益新书社1932年8月初版)

# 探梅两日记

吴中之园林,往往以花著,如拙政园之山茶,网师园之紫薇,而沧浪亭畔之可园,尤以梅闻。余固好梅成癖者,乃于仲春之朔日往游焉。入门右折,经博约堂而登浩歌亭。时梅开方酣,色綦绚烂,有白者,有红者,有浅绿者,咸为重瓣,暗香袭人,心脾为醉。昔人诗云:"冷香疑到骨,琼艳几堪餐。"不啻为今日咏矣。而池边有老干作偃卧状者,厥名透骨红,梅之异种也,着花三两朵,其花秾绛,几似荼火,而柯干亦表里俱赭,斯透骨红之名之所由来也。不觉裴回久之。时园无俗客,尘嚣不到,为境殊寥寂云。

翌日,课馀之暇,乃偕王子蔚成作虎丘之游。谒真娘墓,登生公台,瞰憨泉、剑池,即趋冷香阁。冷香阁之梅树三百株,花绝茂美,素则烟笼玉暖,绛则雨浴脂凝。而吾侪巡檐索笑,茗碗都香,令人如置身于当年之玉照堂、红罗亭间也。俄一美人珊珊来,于花丛中小伫作态。而微风乍起,落英幡纚,于是云鬟也、粉靥也、锦袂也、文裳也,悉沾花瓣,美人出翠帕以拂之,一笑嫣然,为状殊韵,濡笔记此,似尚留于眼底心头焉。

(《孤芳集》,郑逸梅著,上海益新书社1932年8月初版)

# 编后记

郑逸梅（1895—1992），名愿宗，字际云，江苏吴县（今苏州）人。本姓鞠，嗣外祖父郑锦庭，遂改姓郑。星社成员，南社后期成员。参与多种报纸、杂志及多家书局的编务，执教于多所大中院校。1949年后，任晋元中学副校长，加入中国农工民主党，为上海市文史研究馆馆员、中国作家协会会员。当代文史掌故大家，作品风靡海内外，人称"补白大王"、"旧闻记者"。晚年依然笔耕不辍，生前结集出版《梅瓣集》《游艺集》《茶熟香温录》《浣花嚼雪录》、《味灯漫笔》《上海旧话》《南社丛谈》《影坛旧闻》《艺林拾趣》、《民国笔记概观》等五十馀种。时至今日，郑逸梅作品以选集、作品集、经典文集、文丛等形式不断出版，可见郑氏作品广受当下出版社与读者的青睐。

本编围绕苏州的人物与故事进行遴选，尤侧重于清游、雅集、园林、饮食、风土、名物类文字，多为近年出版的郑逸梅著作中未选用过的作品。如《最新苏州游览指南》及《孤芳集》中的大量游记类文章，几乎从未再版过；又如《黄氏三兄弟》与《费树蔚》诸篇，既互为参考也相互关联，从不同侧面解构当事人的种种。考虑当下读者的阅读习惯及喜好，本书中白话文与文言文兼顾，比例略有轻重，从中可见逸梅先生早、中、晚期笔耕生涯的差异与变化。古吴轩出版社曾于1999年2月出版《味灯漫笔》（"忆江南丛书"之一），本书所收文章考虑与其呼应并进行补充，如《范烟桥考证姜白石〈过垂虹桥〉诗》《徐卓呆啖豆饼》《我在苏州时之旧居》等文，皆可看作是《味灯漫笔》相关篇章的赓续与延展。

逸梅先生在1949年前结集的二十馀种单行本，绝大部分是文言文，《逸梅丛谈》（占三分之一弱）、《三十年来之上海》等为数不多的著作是白话文；1981年以后的文章，则绝大部分是白话文，有的文章则根据早年的文言文短篇改写并增长篇幅而成。因此在选编上，以内容优劣作为选编的依据。本书收录郑先生写黄人的文章三篇，既有早期的文言文《黄摩西轶事》《摩西之词》，也有后来的白话文《黄摩西撰长联》，存照比对，以此逴见时代之变迁与作者的心性。

民国时人喜欢使用一些生僻字、异体字，本书作者也不例外。

对此情况,依照有关规定进行统改,涉及人名、地名及当时特定用法的则不做改动。如"蓴"字,因文意不改为"莼"。明显错字径改之,不做校注。

在本书辑录过程中,得到沈慧瑛、黄恽、刘环景、朱经鹏、张小双、杜丹诸位师友的大力襄助,永平兄除了提供原始文本及校正舛误,还对篇章选择提出了肯綮的建议。沈慧瑛老师帮忙沟通多方事务,并为我引见郑逸梅先生的孙女——画家郑有慧老师,使作品授权等工作得以顺利完成。有慧老师不顾天气炎热,积极为我寻找、翻拍需要的资料,殷殷盛情,令人感动。最后还要感谢王稼句老师、张颖老师,能在人海中想到我,将编选《吴门花絮》的机会分惠给我,并一再容忍我的拖延。人间的情谊,胜过了深千尺的桃花潭水。

付梓在即,聊缀数语,以此向关心此书出版的师友们致谢。

何文斌<br>壬寅大暑后一日于耕云室